S P R I N G

每一本好書都是一顆種子，
春天播種在你的心田夢土上。

Spring

S P R I N G

每一本好書都是一顆種子，
春天播種在你的心田夢土上。

基因决定我爱你

My DNA says I love you!

兩個都會女子
兩段姑婆居裡的高科技愛情、友情與改變

基因藥抑制瑪菱的天生胖，解決四季的重潔癖
但它真的能讓愛情起死回生嗎？

導演序

如果有一天，科學家找到了肥胖基因，那麼只要吃藥把肥胖基因關起來，就不會變成胖子了，就再也不用減肥了。

如果有一天，我們只要在便利商店買一個小小的測驗棒，就可以測出我們的基因，知道我們的運勢和個性，分手的時候就不能以「個性不合」為藉口了。

如果男朋友有花心基因，就吃藥把花心基因關起來。有禿頭基因就把禿頭基因關起來。有細心體貼的基因當然就要打開囉。

可是，如果我有潔癖基因，受不了男生不洗澡，到處亂丟東西，怎麼辦呢？我要把潔癖基因關起來，變成一個不愛乾淨的女生，這樣就可以幸福快樂嗎？

《基因決定我愛你》，如果我們有百分之九十九的機會相愛，但有百分之一的基因不合，

基因決定
我爱你

到底要怎麼辦才能天長地久在一起？具有肥胖基因的瑪菱，和具有潔癖基因的四季，她們會怎麼做呢？又會發生什麼意想不到的事呢？

很高興這次能邀請知名暢銷作家橘子，把《基因決定我愛你》的電影劇本寫成一個好看的電影故事。希望大家會喜歡這個輕鬆愉快的故事。

李芸嬋

作者序

當我看到《基因決定我愛你》的劇本時，整個人驚訝得不得了。

事情大概是這麼個一回事：我曾經說過一句話是，劇本這東西，簡直比字典還難讀；而把劇本改寫成小說，又比自己的原創小說更皺眉。

然而，當我懷抱著「唉~又得讀劇本」的心情來改寫《基因決定我愛你》時，卻驚訝的發現裡頭有個概念和我曾經在《對不起，忘了你》裡提及的「感情潔癖」有某種程度的相似，也於是我在著筆重度潔癖的女主角四季時特別得心應手，無論是她的難相處、她的愛逞強、她的為愛改變，常常令我寫著寫著就會心一笑了。

每個女人的心裡都住著瑪菱和四季。

在改寫《基因決定我愛你》的過程是愉快的，因為常常看到相似的對話相似的心情，無論是我自己，或者讓我想起身邊的姐妹們，怕胖、怕胸部小、怕自己不夠美，但卻還是認真工作、努力生活，並且盡可能的和善待人，還有、打從心底害怕自己會孤獨終老卻倔強的聲

基因決定我爱你

稱那又怎樣？反正我還有姐妹們，老到連狗都不理時、反正還是可以一起買個養老公寓敷著面膜抖著老手坐在搖搖椅裡呸街上的年輕美眉；而那天我記得很清楚，當我寫到姑婆居時，不得不做的第一件事情是放下手中的筆，接著衝出門去找我的姐妹們：「嘿！有人把我們養老公寓的構想拍進電影裡了耶！」以及：「那個瑪菱簡直活像妳，老天爺！導演是不是認識妳？」

每個女人的心裡都住著瑪菱和四季，而每個人都有每個人的煩惱，就算是再完美的女人也一樣，所以，就算自己不夠完美，那又怎樣？

橘子

》第一章《

之一。瑪菱

從小我最喜歡吃的東西就是藥。

這倒不是在故意誤導我是個瘦弱的藥罐子小女孩，風一吹就倒，太陽一照就暈，楚楚可憐到媽媽憂心我活不過十歲；相反的，我從小就是個白白胖胖的小女孩，健康得像頭小乳牛，眼睛圓嘟嘟，臉頰圓嘟嘟，嘴巴圓嘟嘟，就連身體也是圓嘟嘟而且還是圓到了個底，再加上不管大人餵我吃什麼就會立刻呵呵笑開懷的好相處個性，讓我從小就備受大人們的寵愛，而大人們最喜歡寵愛我的方式就是讓我吃各式各樣的零食甜點；據說我從還在包尿布滿地爬呀爬的開始不但一看到食物擱在眼前就會開心呵呵笑，而且吃起東西來的狠勁簡直美味到具有可以為那產品代言的效果，而果真我童年時也因此被挖角拍了支零食的廣告圓過一天的廣告童星夢。

「小瑪菱吃東西的樣子好可愛喲～～」

「小瑪菱圓嘟嘟的好可愛喲～～」

「小瑪菱都不挑食好可愛喲～～」

這些大人們的讚美，隨著我逐漸進入青春期不再是小瑪菱時而變成是：

「瑪菱……呃……妳確定這樣揣著飯鍋吃飯好嗎？」

「瑪菱，妳今天已經吃第七餐了，不可以再吃了！」

「瑪菱！妳敢再半夜偷開冰箱吃光東西就給我試看看！女裝已經沒有妳的Size了！」

老天爺，發明「小時候胖不是胖」這句話的人真該被抄家滅族的！害死人了真的是。

圓嘟嘟的小瑪菱長大後變成胖呼呼的瑪菱，再也沒有人說我好可愛，因為我胖得沒有男生願意愛，連我自己也不愛，國中三年加上高中三年我眼睜睜的看著女同學們都在忙著收情書、被告白、接花束、牽小手還紅臉頰，就唯獨我是忙著把自己塞進最大號的衣服裡，忙著沮喪的以吃洩恨，忙著……噢～老天爺，光是回憶到這裡，我幾乎又想要暴吃一頓了。

嘖，這可不行，重來重來。

小時候我最喜歡吃的東西就是藥。

沒記錯的話是國小六年級發現的這件好事情，那時候我因為零食甜點來者不拒而吃出了一口的蛀牙，蛀牙痛得我夜裡睡不著只好起床偷開冰箱吃光東西好轉移注意力，也忘記是連續第幾天的這樣徹夜通吃之後，我媽終於因為冰箱裡的食物老是隔夜就清空不見進而發現到我的一口爛牙而火速帶我去牙醫診所治療；牙醫診所裡的那位禿頭老醫生我記他記得很清楚，因為他長得一副和藹樣但下手卻下得很重，只見他拿著牙鑽子把我滿嘴的蛀牙洞給鑽呀鑽的，痛得我幾乎就要下定決心這輩子不再吃東西時，禿頭老醫生做了一件對我的人生影響至極的事情——他開了顆止痛藥給我吃，而且好神奇的是，居然藥才吞下去沒多久，這滿嘴的牙痛就消失無蹤了，樂得我一回家就立刻奔到冰箱前繼續吃他個沒完沒了，也繼續把我一輩子沒瘦過的肥胖人生吃到高中畢業還沒完沒了。

再度想起這件事情是因為大學聯考完填選志願時，那時候我剛嗑完兩隻烤雞外加三瓶可樂，可樂裡的冰塊卡啦卡啦的咬在嘴裡的感覺說有多過癮就有多過癮，而想起我這輩子最該感謝的就是當時嘴裡那顆卡到我陳年蛀牙洞的小冰塊，那顆小冰塊咬到了我的陳年蛀牙處，不知怎麼著、當年那位禿頭老醫師和那顆神奇止痛藥的回憶蹦地浮現我腦海，就這麼，我填選了醫學系，接著一個暑假過去之後，我如願的成了個醫學院學生，呃……肥胖的醫學院學生，接著七年時間過去，多虧了胖胖身體裡的那顆聰明好腦袋，讓我變成的不是胖胖女醫生卻是這家高科技基因研究生化公司高薪聘請的研究人員，而當年我二十六歲。

從二十七歲開始，也就是進這公司的一年之後，因為成功研發出抑制肥胖基因的藥，我終於告別了二十六年整的胖女人生涯而如願以償的變身成為瘦女人躋身夢寐以求的瘦美女行列；成功變身瘦美女之後我迫不及待做的第一件事情就是——

談。戀。愛。

或許應該說是，和那個在網路上認識好幾年暱稱是海馬的優雅男人真正見個面，而不再是深怕被他發現真實生活裡我是個活脫脫的大胖子因此被他列為封鎖名單而頻頻以工作很忙為藉口拒絕他的見面要求。

真正見個面。

和海馬。

我的初戀。

我的海馬是年約四十的優雅男子，香港出生，英國長大，在瑞士有個家，他一個人住的家，不過他自己也不常待在家，因為工作的關係海馬一年裡有三百天左右都是旅居在各國，認識海馬之後，常常我會下意識的抬頭仰望天空，心想：此時此刻的海馬不知道正在哪片天空中飛著呢？

當我們在現實中見過三次面之後，這天在送海馬上飛機前，他在機場裡的咖啡屋問我：

『妳要不要考慮搬到我那邊住？這樣我們比較能見面。』

我心動，可是我為難，一方面是因為我在這裡的工作很順利，順利得不得了，而另一方面是當時我的同事兼好朋友四季正好也問我：

『欸、瑪菱，妳家離公司那麼遠，開車太累了，要不要我們一起找個房子住？』

姑婆居，四季當時是這麼稱呼我們即將要找的公寓，兩個年近三十的女人，一個和男朋友一年到頭見不著幾次面，而另一個一年到頭換過的男朋友總是超過二位數。

『再這樣下去，我們準會變成老姑婆沒錯啦！哈～～』

說完，四季開開心心的笑著，我總是很羨慕這樣的四季，坦然的接受自己，不管是自身的優點或缺點；或許就是在四季那個開朗的笑裡有個什麼觸動了我，於是我答應了四季同居的邀請，或者應該說是：找個屬於我們自己的姑婆居。

於是此時此刻的現在，我的為難蓋過心動，面對海馬的邀請，我用沉默代替拒絕。

『沒關係，我知道我們才見過幾次面就提出這種要求是太快了。』海馬苦笑著，然後接著又說：『不過如果妳願意的話，隨時可以搬過來。』

「嗯，謝謝你。」

我說，而其實我真正沒說的是：我其實不太喜歡人身上的味道；而這也是我和四季主要處得來的原因。

四季——

『欸、瑪菱，為什麼我就碰不到像妳的海馬那樣的人呢？雖然不能常常見面，但至少他不會同時跟很多人「見面」！』

笑了笑，我說：

「因為他跟我一樣，受不了陌生人身上的味道吧……要找到一個氣味相投的人是最難的。」

『難怪妳受得了我的潔癖。』

「呵，而且我覺得最珍貴的是，雖然我們不能常常見面，但奇怪他就是懂我。」

我說，然後四季的表情是似笑非笑，每當我提及和海馬的事時，她的表情總是會不經意的似笑非笑，我不太明白那笑是什麼意思。

我不太想要去明白。

之二。四季

小時候我最討厭的東西就是吃藥。

打從我對自己有記憶以來，每天好像就是馬不停蹄的在生病然後吃藥，生病吃藥生病吃藥，典型的瘦弱藥罐子小女生，風一吹就倒，太陽一照就暈，楚楚可憐到媽媽擔心我活不過十歲，為此媽媽還給我取了個小名叫作四季，就是祈求我能平安的活過一個又一個的四季。

討厭得要命，這瘦弱藥罐子童年。

不過我總覺得媽媽簡直想太多，因為聽外婆說我的樣子簡直活脫脫就是媽媽小時候的翻版：大眼睛小臉蛋，嘴角總是彆扭的撇著不肯笑，聽外婆說就是眼底那抹神經質的緊張感也和媽媽如出一轍，活脫脫是媽媽小時候的翻版。而我只是在想，反正媽媽都能平安長大結婚生子，那照理說我應該也沒問題呀？為什麼我就每天每天的吃藥呢？不過這事媽媽反正是聽不進去的，因為媽媽很固執，我不知道爸爸的離家出走跟這點有沒有關係，但反正我不太在乎這個，因為我只要有媽媽就好，其他的大人我一律的都覺得好討厭。

大人們每次看到我不是說；「要多笑一點哪、小四季，才不會浪費妳長得那麼漂亮。」就是：「要多吃一點呀、小四季，這樣才不會常常生病。」

煩都快把我給煩死，關他們什麼事呢?到底。

小時候我最喜歡做的事情就是穿著和媽媽一樣的白色洋裝跟在媽媽的屁股後面打掃房子，那是每天我們日常生活的重頭戲，從開始打掃到結束打掃幾乎就佔掉我們一整天的時間，我覺得很快樂，關於跟在媽媽的屁股後面打掃房子的這件事情，那是每天我最愉快的一段童年時光，沒有那些討厭的囉嗦大人們，只有我和媽媽。

我和媽媽總是在吃完早餐之後立刻就進廚房洗碗，因為媽媽說這樣才不會滋生細菌，細菌很可怕，細菌會讓小四季生病；媽媽洗碗而我站在一旁負責擦乾碗盤，媽媽掃地而我跟著她屁股後面抹地，媽媽洗衣服而我迫不及待想要立刻晾乾……

每當那個時候，媽媽總會好溫柔的用她細細手指梳著我的長頭髮說：
「小四季好乖喲，都會幫媽媽做家事。」
「小四季好乖喲，都主動幫媽媽做完家事。」
「小四季好乖喲，家事做得比媽媽還要厲害。」

這些媽媽的讚美隨著我逐漸長大開始變成是：
「四季，浴缸媽媽已經刷過了，妳可以不用再刷了哦。」
「四季，客人前腳才踏出門都還沒轉身，也沒必要立刻就把拖鞋收去洗吧？」
「四季！妳再給我半夜清洗衣機看看！」

愛乾淨的小四季長大後變成有潔癖的難相處四季，從幼稚園開始我就沒有什麼好朋友，因為我受不了他們身上的汗臭味，就連女生也不例外，有次我還發現我們國小級任老師居然連續兩天穿同一套衣服來上課，隔天我就立刻要求媽媽幫我轉班級。

有潔癖的難相處四季。

不過很奇怪的是，這樣子的我從國小開始就一直不間斷的被學校男生追求，他們看上我的美麗外表我的很愛乾淨而追求我，接著他們發現我的強烈潔癖而受不了我；我覺得這不是什麼問題，反正追我的人不曾間斷過，我幹什麼要只為了一個人而改變？

從小就沒有什麼朋友而不用困擾戀愛問題的結果就是，我有很多很多的時間可以讀書，我知道我智商並沒有高得很厲害，可是我很願意讀書，因為我覺得書很乾淨（我的書、當然）；於是大學聯考時憑著一般的智商和好幾倍的努力唸書，我如願以償的考上第一志願醫學院（有什麼比醫院還要乾淨的地方呢？），接著七年的時間過去，我甩掉了七十個以上的男朋友（原因很多，但總結都是衛生方面的問題）並且還以優異的成績被一家高科技基因研究生化公司高薪聘請為研究人員，而當年我二十六歲。

在我二十六歲那年我終於認識到了我生平的第一位好朋友、瑪菱，我不在乎她胖嘟嘟的身材還有過份驚人的食量，因為那反正不關我的事而且瑪菱總是會把東西吃得乾乾淨淨不會掉屑在地板這點我很欣賞。

反而後來她成功研發出抑制肥胖基因的藥進而變身成個瘦子之後我覺得有點落寞。

相較於此，我更驚訝的是她怎麼能和個連面也沒見過的網友談起網戀來而且一談就好幾年？

不過我心想反正那也不關我的事，只要瑪菱開心就好，就算她要跟個外星人談戀愛，我想我也是會支持她的，好朋友難道不該就是這樣嗎？

我心想。

當和瑪菱當了兩年的同事兼好朋友之後，在母親聲稱她再也受不了我了的隔天，我鼓起勇氣問瑪菱：

「欸、瑪菱，妳家離公司那麼遠，開車太累了，要不要我們一起找個房子住？」

『可是、我不太能夠接受人的味道耶。』

「沒問題！實不相瞞我可不只是有潔癖而已，而且還是重度潔癖！我保證在我身上妳只聞得到清潔劑的味道！哈~」

瑪菱聽了之後也微笑，從她臉上的微笑裡，我知道我們即將從同事、好朋友進而再多了層關係：室友。

兩個年近三十的女人哪……一個和網友見沒幾次面卻網戀好幾年，而另一個呢、眼看著就要人老珠黃了、卻還是男友換不停，哎～～兩個老姑婆。

「再這樣下去，我們準會變成老姑婆沒錯啦！哈～～」

說完，我開開心心的笑著，接著隔天我立刻行動去找個屬於我們自己的姑婆居。

姑婆居。

姑婆居的前房客是對男同志，因為要移民到美國去舊金山結婚並且定居的關係，他們只好忍痛離開這個好房子。

『我們在這裡住了三年，真的捨不得搬走……』

男同志們眼眶含淚的說，而我則是保持著禮貌的笑容點頭傾聽，然而心底卻ＯＳ著：同性戀基因，沒錯！

『那些家具都是我和Kevin用愛心一件一件挑來的，妳們要好好愛護喔。』

回過神來，這對同性伴侶還在碎碎唸著。

『等我們從美國回來再過來看看它們喔。』

依舊是保持著禮貌的笑容我點頭，然而心底的ＯＳ卻變成：行啦行啦，煩死人了。

我順利搞定我們的姑婆居，房子寬敞還附贈家具（優雅得要命的家具，我想瑪菱應該會喜歡，因為這應該會讓她無時無刻的想起她的優雅海馬），只消提個行李箱就可以立刻搬進來的好地方。

我們的姑婆居。

就這樣，我和瑪菱從同事到好朋友如今又多了層關係：同居人。

在搬進姑婆居的第一個夜晚，我賞了自己一個泡泡澡作為辛苦搬家的報償，舒舒服服的泡在浴缸裡，我問著在浴缸外敷著面膜泡著腳的瑪菱：

「欸、瑪菱，為什麼我就碰不到像妳的海馬那樣的人呢？雖然不能常常見面，但至少他不會同時跟很多人『見面』！」

為什麼我老是遇到有花心基因的劈腿男呢？

『因為他跟我一樣，受不了陌生人身上的味道吧……要找到一個氣味相投的人是最難的。』

「難怪妳受得了我的潔癖。」

『呵，而且我覺得最珍貴的是，雖然我們不能常常見面，但奇怪他就是懂我。』

不知道是不是被瑪菱的這點給影響，在遇見阿寬的這次戀愛，我決定他就是我的真命天子而我要好好的維持這段關係，於是我做了一個連瑪菱也不看好的大膽決定——我決定搬去和他同居！

老天爺！但願我能好好的維持這段關係。

》第二章《

之一。瑪菱

應該是夢吧?可是感覺又好真實，我就站在體重機上，而體重機上頭的數字指著四十五，很好，好到簡直是個完美，體重四十五，我的完美體重，只不過有個小問題是……呃……我還只站了單腳而已；接下來我整個人完全站上體重機，氣喘吁吁的我彎下腰查看，只見那沒禮貌的體重機上頭數字沒完沒了的狂飆又狂飆，五十、六十、七十……飆到我再也看不下去而它再也承受不住我的體重而很直接的破表！

場景再換。

絕望的我靠在陽台邊，只是把個凳子從地上拿到桌上就已經喘得不得了，喘得不得了的絕望的我吃力得爬上椅子，站上桌子，就定位在桌上的小凳子，而且還得趕在小凳子被我踩壞之前、我把口袋裡的巧克力拿出來一口吞掉當作是瑪菱我在這世界上做的最後一件愉快事，接著我往樓下看了看，確定這高度足夠讓我一了百了重新投胎、徹底解決這該死的肥並且打從心底祈求來世挑個好娘胎撿到個吃不胖基因之後，我深呼吸，舔了舔嘴角沾到的巧克力，然後傾身我向前下躍，下墜，下墜，下墜——

腳在空中飛踢了一下，接著我倒抽一口氣驟然驚醒，呼～～還好只是個夢，只是發了場復胖的惡夢，呃……或者應該說是，我前半輩子的夢魘。

起床，對著鏡子我好不安心的趕緊檢查我的臉蛋、手臂、腰線而且還好慎重的彎腰檢查我的大腿，還好，還是很苗條。

去死吧！夢魘。

噴了這麼一聲，趕緊我吞下一顆抑制肥胖基因的小藥丸，我這才終於能夠真正鬆下口氣，然後開始我的日常生活作息；我把自己梳洗乾淨之後，走到廚房煮了壺低咖啡因咖啡

（不加糖不加奶，當然）還烤了兩片全麥吐司（不抹果醬或奶油，一定）接著我打開手機，手機裡安安靜靜的躺著海馬的簡訊迎接我這愉快的一天。

——過兩天回台灣，有好消息要告訴妳。妳的海馬，愛妳。

微笑浮現在我的嘴角，開開心心的我回覆：

——終於能見到你，真好。你的瑪菱，愛你。

真好，我們生活在如此高科技的年代，天生胖又怎樣？只消每天吞顆我們公司的抑制肥胖基因就能維持曼妙好身材，真好；我的海馬四海為家忙碌工作又怎樣？只消打開手機看著他的簡訊就能安心我們的愛情還在，真好。

唯一不好的是，才回覆完簡訊給我親愛的海馬之後，我的手機就立刻響起，而且來電的人是四季，我的前室友兼我的好朋友，四季，天生吃不胖的完美女人，完美過了頭的重度潔癖狂，四季。

「什麼?妳在外面?不會吧?」

不會吧?這次她信誓旦旦的決心好好維持這段感情，還決心搬出去和那她口中的完美男人同居以示決心，結果一個月有嗎?她該不會又——

『哈囉，我回來了。』

打開門，出現在我眼前的是總美麗又時尚的四季，以及她身後的搬家小貨車，以及顯然在車上捱過她的苦頭的苦瓜臉搬家工人，還有……

「喂!妳這浴缸是怎麼回事?」

『處罰他不正確使用浴缸，所以乾脆把浴缸搬走!』明亮的笑了起來，好俏皮的、四季說：『如何?這idea很妙吧?』

不妙，很不妙。

嘆了口氣，我問：

「所謂的不正確使用浴缸是?」

『十八根頭髮。』翻了翻白眼，四季簡直要歇斯底里了。『至少有十八根頭髮掉在浴缸裡!而且我起碼跟他講過一百五十四次了!上完廁所馬桶要沖乾淨!他不聽就是不聽!老天爺!如果可以的話，我真想把馬桶也搬過來!』

老天爺，還好馬桶她搬不過來。

「不會吧？他上完廁所不沖水？」

『是有沖水，但問題是這怎麼夠呢？沖完水後還要再用清潔劑刷一遍哪！』用無助的大眼睛攻擊我，彷彿是在尋求我的認同那樣，四季說：『瑪菱妳也唸醫學院的所以妳應該也知道，沖完水後馬桶裡總是會有殘留的細菌這點常識我起碼告訴他三百二十一次了！老天爺！他這是存心故意想害我生病嗎？我可不想再吃藥了拜託！』好哀傷的嘆了口氣，還打了個冷顫：『我懷疑他根本就不愛我，而且是想要殺我！』

下了這麼個結論之後，四季轉頭繼續對著搬家工人發火：

『喂！你們！誰允許你們只脫鞋就這樣穿著襪子直接進屋子啦？襪子上有多少細菌你們知道嗎？我童年一直一直在吃藥你們可以麻煩體諒一下嗎？』氣呼呼的從包包裡拿出兩雙拋棄式脫鞋：『這個！穿上才准踏進我的地板！』

「妳的地板？意思是？」

『意思是我要搬回來跟妳一起住，妳還沒找到新室友吧？』

「妳搬出去還不到一個月，而且東西都還在，我是要怎麼找新室友呀？」

『那好，上個月房租我還是付一半。』又翻了翻白眼，指著浴缸、四季繼續碎碎唸：『洗完澡把頭髮撿乾淨有那麼難嗎？頭髮就一定要黏在浴缸上面嗎？他是想害我每天做惡夢嗎？老天爺！真難想像我居然忍受了他快一個月！』

每天做惡夢的人應該是他吧？

「好是好啦，可是妳這浴缸要擺哪？一個浴室擺兩個浴缸未免也太詭異了吧？」

結果四季決定把陽台旁的那間小倉庫清空改裝成她的浴缸房。

『房租我出三分之二，沒問題。』

我看她再這樣談戀愛下去，房租遲早要全付了。

「問題是妳這是在嚇唬他還是？」

『先嚇嚇他的啦，等他想我想瘋了，發現我有多好，跪下來求我說：「以後我一定每天洗兩次澡、馬桶沖完還用清潔劑刷過一次、頭髮不用說一定得撿乾淨。」我才要跟他和好。』

「好吧，希望他以後一定每天洗兩次澡、馬桶沖完還用清潔劑刷過一次、頭髮不用說一定得撿乾淨，但還有個問題是——」指了指橫擺在整個小庫房正中央的浴缸，我不解：「這裡又沒水管，妳浴缸擺這是要怎麼用呀？」

『再找工人來裝就好啦。』

話才說完，突然一大滴水從天花板滴到了浴缸的正中央，老天爺，別——

『老天爺！我是被他養小鬼了不成？否則沒道理這麼衰吧？我浴缸才剛刷好耶！這下子好了！又得重新刷過一次、就為了這麼該死的水滴進——』

打斷四季，我趕緊安撫她：

「哎呀，只是漏水啦，我去找房東修一修就好，乖哦，妳先去廚房喝杯牛奶休息一下。」摸摸四季的頭，像個慈母般的，我好溫柔的哄著她：「每天一杯牛奶，永遠不會生病，藥都滾旁邊去，我們四季最健康了喲！」

然後四季笑了出來，真好，這招對她永遠管用。

漏水。

這水是打哪滲出來的呢？循著水漬我走到頂樓的陽台，小心翼翼的我打開陽台的鐵門，這才發現原來陽台已經淹了水，低頭我目測著這水淹的高度，然而連頭都還沒抬起完全時，突然一道水柱強烈的往我噴過來，不但害我全身溼透，就連眼睛都差點張不開來。

『＃％＄＆＊～～』

水柱的來源傳來一個年輕男生的連串髒話聲，張開眼睛，我看見這大學生模樣的年輕男生趕緊把水關了之後，傻楞楞望著我，順著他的視線望去，低頭，我看見身上的衣服已經溼得呈現半透明狀態，而他的視線正focus在我一直就很介意的大胸部上面。

我瞪他。

他這才回過神來，連忙道歉：

『抱歉抱歉，我沒發現妳在那裡，所以——』

「你是該抱歉。」

冷冷的、我說，然後轉身走人。

該死，真該死！

之二。四季

看到渾身溼透的瑪菱雙手遮著胸部氣呼呼地走回來，我就知道有人該死了。

不管那個人是誰，都該死了。

從我認識瑪菱以來她就是以好脾氣好個性著稱（也難怪她是這世界上唯一能和我共同生活的人）（連我媽都宣布她再也受不了我了，嘖）；好脾氣好個性的瑪菱唯一有個死穴就是她豐滿的胸部，其實我搞不懂她幹什麼要那麼介意她的E罩杯，我猜想那要不是她國小發育時曾被班上男同學開過玩笑的原因，就是那豐滿的胸部如今是她曾經胖過的唯一提醒。

天曉得要是可以的話我真願意肥兩吋腰換她的兩個罩杯過來，唔……這倒是提醒我或許不該再待在這基因公司工作，卻是去找個研發身體交換之類的高科技公司才對。

嗯。

才這麼突發奇想時，門鈴響了起來，打開門一看，站在我眼前的是個大學生模樣的Q男生。

「找誰呀？」

Q男生怯生生的答不上來，大大的手裡扭著一條厚毛巾，眼神直往屋裡探去；想來他就是害瑪菱溼透的那位該死鬼吧。

「找誰呀？你到底！」

『呃……我是妳們房東的兒子，我叫小熊。』

「我叫維尼。」

『啊？』

嘖！不懂我的幽默，算了。

「怎樣嗎？」

『呃……我就住在妳們隔壁，剛、剛有位小姐？』

「胸部很大那個？」

他瞬間臉紅。

果然他真是那位該死仁兄。

「瑪菱在換衣服，你要幹嘛？」

『呃……原來她叫瑪菱哦。』臉更紅了，『這個……呃、我——』

真是受不了這位吞吞吐吐的笨熊，抬頭我瞄了瞄他的身高，剛好高得合適，於是打斷他，我問：

「剛好，你是房東兒子是吧？」

『是呀，我今年剛從美國唸完大學回來——』

再度打斷他，超級不耐煩的我說：

「誰管你美國還加拿大留學回來！喂！我說、剛好我們家天花板漏水，你給我過來修修！」

『哦，好呀。』

浴缸房——

這位好使喚的笨熊手裡拿著長柄布刷，爬上高椅子，正賣力的清除天花板上的髒東西，而我則是坐在一旁邊擦指甲油邊不滿：

「你樓上一定漏水很久了才會害我們家天花板發霉，識相點叫你爸房租給我打八折。」

『哦，好呀，我回家問看看。』

真乖耶，這笨熊。

『嚇！這什麼？』這笨熊突然的驚叫出聲，『好像還會動耶！好噁心哦！噁～～』

抬眼我瞄了瞄他指的角落，原來是塊黏菌。

「這是黏菌啦。」

他好像很不懂的樣子：

『黴菌？』

「黏菌啦！笨。」

『黏菌和黴菌有什麼不同嗎？』

「說來話長的不同。」翻了翻白眼，我總結：「都一樣啦，反正都是香菇的親戚，都會產生孢子長得到處都是，哎、你別老這麼慢吞吞的，快清一清啦。」

『哦，好。』咬緊牙根，他手發著抖的再湊近，但結果他還是很害怕的樣子：『欸，這會咬人嗎？』

「你看過香菇咬人嗎？」

笨熊靦腆的笑開來：

『呵，對哦，妳好厲害哦！怎麼都知道這些？』

「因為我是醫學院畢業現在從事生物科技。」大概是被他誇獎了的關係，於是很好心的我補充：「黏菌和香菇是親戚，都會產生孢子竄得到處都是，生命力很頑強，而且最重要的是、牠們都不會咬人，快清啦！」

『可是、怎麼看起來一點都不像？』

「你剛生下來和現在像嗎？」

這話讓他困擾了一下，而我則是為這笨熊哀傷的嘆口氣：

『這還用想嗎？當然不一樣呀！笨！』

笨死了。

這笨熊把天花板的漏水修好並且清乾淨而且還好貼心的幫我接了根水管讓我好能泡澡之後離開，望著他離開背影，不知道為什麼，我突然非常的思念我的男朋友，於是我決定這次網開一面，把一個月的時間縮短成一天。

我去找他。

邊開著車邊哼著歌我好愉快的回到我們的愛巢，結果沒想到當我拿出鑰匙往鑰匙孔裡插入時，卻怎麼也插不進去。

「不會是換鎖了吧？」

拿出手機，我打給他，結果這混帳居然狠心的連手機號碼都換了！

可惡！

氣呼呼的我下樓，結果說曹操曹操就到，才一下樓我看見我的男朋友正遠遠的向我走來，呃……更正確的說法是，他懷裡摟了個年輕美眉向我走來。

「喂！你！」

我喊他，他楞住。

「狼心狗肺無恥花心而且洗完澡還不撿頭髮上完廁所還不洗馬桶！」

結果那沒用鬼居然嚇了一跳立刻鬆開他懷裡的年輕美眉，一不做二不休的立刻拔腿快跑；氣死了的我隨手抄起包包往他方向丟去，就這麼在街上演起了追逐戰來。

大概是真的被他養小鬼了、我覺得，因為才追不到兩個街口時，突然一輛車急駛過來，在我眼角餘光瞄見他、並且及時尖叫時他緊急剎車！眼睛一閉、我腿軟的倒地昏迷，接著我只感覺到開車的駕駛者嚇壞了的下車抱起我查看傷勢，我想我大概是被撞昏了吧，因為我怎麼聽見這男人喊著我的小名四季，而且更昏的是，我居然就抱著他大哭了起來：

「他背叛我……他一定早就劈腿了，他洗完澡還不撿頭髮上完廁所還不洗馬桶……呀嗚～～」

『哈！妳果真是四季耶。』

「你是？」

抬頭，我不解的望著眼前這帥哥。

『我是食蟻獸呀，妳忘記我啦？大學的時候被妳甩掉的那一個同學食蟻獸呀。』

哦，這麼說我倒是想起來了，人長得不錯看個性又體貼就是特別嗜甜於是我給他取了個小名叫食蟻獸，自從第二次約會時被我發現他居然吃完飯後不刷牙之後，隔天我就把他給甩了。

『妳有沒有撞到哪受傷？要不要去醫院檢查？』

「心。」

『啊？』

「那種狼心狗肺的東西，我剛捉到我男朋友劈腿，現在心痛得要命。」

他又笑，哈哈大笑的那種笑。

『那種花心男忘了就算了，要不、妳也可以用針刺他照片呀。』

「你很冷耶。」

這回他笑得更開心了，嘖，這食蟻獸，六年不見怎麼還是這麼傻呼呼的特愛笑。

移駕到最近的咖啡館，在點了兩杯冰拿鐵之後，我們敘舊。

『怎麼一晃眼我們就已經六年不見啦？妳現在在做什麼？』

一邊擦著桌子，一邊我回答：

「基因試紙的娛樂行銷工作。」

『基因算命，對吧？我們醫院的小護士天天都在玩這個，真的很準嗎？』

把杯子拿起來仔細的擦著杯上的水漬，我公式化的回答每天都在回答代理商的標準答案：

「以生物觀點來看，每個人的命運是在受精的那一刻就已經決定，就寫在基因裡面了。」

『每天？！』

嘖，越想越火大，「哼！真是個無恥的花心男！虧我還幫他每天洗床單！」

「嗯，每天。還有馬桶也是我刷的！可惡！」

『也是每天？』

「不，每次上完後。」

他的臉輕微的抽搐了一下，不過很快的又換回笑臉：

『那要不這樣好了，以後我家的馬桶借妳刷，床單也借妳洗，每天！』

我瞪他。

「六年不見，你怎麼還是這麼冷呀？」

然後他笑，開心的笑，得扶住桌角的那種開心大笑法。

哎～～這笨食蟻獸，六年不見，還是這麼的笨。

哎～～

≫第三章≪

之一。瑪菱

我永遠記得當我第一次看到四季的時候心底的感覺：天哪！這女人簡直是全天下女人夢寐以求的完美！好臉蛋好身材好腦袋，美得時尚，性格率真，氣質卻又霸氣，任性得可愛，眼底總是帶著一抹神經質的緊張，不過那反而使得她的美麗顯得更與眾不同。

而如今兩年的相識過去，我依舊常常出神的凝望著四季，然後在心底這麼驚呼著。

只不過，除了她失戀時例外。

在四季專屬的浴缸房裡，賭氣著把自己窩在大浴缸裡泡澡的四季，還有一接到她手機就匆匆趕回來看她的我。

『氣死我了！明明該被撞的人是他又不是我！可惡！這世界太沒公理了！』

「別這樣想嘛，不值得。……不過，撞妳的那個，那個什麼獸？」

『食蟻獸喔。』

「怎麼取這麼個怪名字?」

『是我取的，這世界上大概只有我這麼叫他。因為他那時候很愛吃甜，體重遊走在尷尬邊緣，不過現在再遇到他整個人倒是瘦成了個型男，而且我有發現到他已經不再嗜甜了，好像是我提分手時說他太胖的關係吧，但天曉得根本不是那回事!』

「那是怎麼回事?」

『因為他打完球後居然不立刻洗澡還敢渾身汗臭的跑過來找我!』

偷笑了一下，我決定換個話題問:

「你們怎麼認識的?網路?」

四季翻了翻白眼，我這才想到她向來最討厭的就是網路交友甚至是網戀這玩意，不過對於我和海馬她倒是從來沒有說過什麼，我想這大概就是友情的表現吧。就像是我對於四季的重度潔癖以及對於愛情的超標準要求也總是放在心底不說出來。

『是我大學時代短暫的初戀情人啦。不過我大學畢業以後，就沒再見過他了。呸!不要臉的東西!』

「有嗎?我覺得他挺不錯的，好像還在喜歡妳呢。」

『唉～～我不是說食蟻獸啦!』

「喔。」

『是那個花心男！老天爺，光想到他會不會拿我的牙刷給那個來路不明的美眉用就頭皮整個發麻呀！啊～～』

忍不住我就笑了，連發脾氣講別人壞話也顯得可愛的四季。

只除了她失戀之外。

『瑪菱！妳說、為什麼我就碰不到，像妳的海馬那樣穩定的靈魂伴侶呢？會不會其實問題出在我這邊呢？』

該據實以告嗎？

『瑪菱老實告訴我沒關係哦，我承受得住的！』話才說完，四季又歇斯底里了起來：『啊～～那臭女人哪點比得上我呀？受不了呀～～』

不，據實以告不妙。

「可能妳的緣份還沒到啦。」

『氣死我了！呸！』

邊說著，四季邊裹著毛巾站在浴缸裡，她這才發現：

『啊，我忘了還沒接排水管。』

「喔，我上網查一下水電公司的電話找人來接。」

『不用啦，妳老是網路中毒——』話說到了嘴邊，四季咳了兩聲又收回去，她改回：『去隔壁敲門找那隻笨熊來裝就好了。』

「啊？」

『上次來我們家的那個Q弟弟啊，房東的兒子、好像，哎、就是妳躲在房間裡死不出來的那次啦。』

我才不想再看到他咧。

『好啦好啦就這麼決定了，妳去叫他來裝水管，我要趕著出門了。』

「妳要去哪呀？」

『和食蟻獸約好了帶我去檢查骨頭，早上被他撞到時好像腳有扭到的樣子。』

「那妳幹嘛不直接去還繞回家一趟？」

『因為我得洗個澡啊，我被撞倒在地耶！天曉得馬路上有多少的細菌啊！我可——』

打斷她，我趕緊說：

「好啦好啦，我去找房東兒子裝水管，妳快點打扮好出門吧。」

在四季出門之後，我乖乖的去到隔壁按門鈴，本來心想運氣好點的話能遇到老房東的，結果顯然我今天的運氣很差，因為出來應門的人是小房東，哎～～為什麼一看到他的臉我就會想起那天的狼狽呢？

或許我該再提案一次研發個什麼藥來成功讓胸部變小的。

哎～～為什麼公司裡就沒有人認同我的這項提案呢？

說明來意之後，這位小房東很樂意的幫我們這個忙，我不曉得他心底打什麼壞主意，不過這次我可不會再笨到讓他噴溼一次，於是他在浴缸房裡忙東忙西時，我只遠遠的站在門口觀望，大概是半小時過去之後，這位小房東孩子氣的宣布：

『原本用來注水的長水管，現在利用虹吸原理把水都吸到樓下排出去了。』

「哦，謝謝。」

我說，然後走到樓下的廚房給四季打電話報告這事情：

「妳還在醫院啊？」

『對呀，正在看X光片呢。』

「怎麼那麼久呀？」

『食蟻獸是骨科醫生又不是神機妙算！』

唔……好兇。

「妳請的工人已經利用很聰明的方法把妳的洗澡水抽乾了。」

『那好，妳記得提醒他把浴缸上的頭髮撿乾淨。』

「啊？」

『先這樣囉，食蟻獸找我講話，掰伊～～』

噴。

沒辦法，我只好硬著頭皮回到浴缸房，才一踏進門口時，這位小房東就興高采烈的立正報告：

『大功告成了！瑪菱、呃，小姐，我弄好了。』

「哦。」

好像不太介意我的故作冷漠那樣，小房東開開心心的展示著他的傑作給我看：

『妳看，這邊是熱水、這邊是冷水，還有排水……保證不會漏水！』

「我代替四季謝謝你。」

『不會啦，舉手之勞而已，再說上次——』

我瞪他，心想他夠聰明的話就別再提上次那糗事！

他夠聰明。

『一直忘了自我介紹，我叫小熊，以後有什麼需要幫忙的地方儘管找我別客氣哦。』

「謝謝。」

『還有，上次那位很漂亮可是很兇的四季小姐說房租打八折的事，我有問我爸，我爸說——』

話還沒說完，只見他背後某個接頭突然爆開，再一次的，水柱亂竄地又把我們噴得渾身溼透，而這次，我學聰明了的快快低頭往下看，果不其然，我的胸部又若隱若現了。

『啊……』

是故意的嗎？這混帳！

之二。四季

確定我的腳踝只是輕微扭傷，而且並不需要吃任何藥之後，我心情大好的同意讓食蟻獸請我吃午餐。

而我們選擇的用餐地點是在醫院的餐廳裡，一方面是因為我打從心底覺得醫院餐廳應該是世界上最乾淨的餐廳，二方面則是我隱約記得食蟻獸好像不怎麼有錢的樣子。

『妳不吃蕃茄啊？』

看著我把餐盤裡的蕃茄挑出來，擺在盤子一旁排放整齊時，食蟻獸好奇的問。

還好，還好他問的不是：妳為什麼要把蕃茄排得這麼整齊啊？

「對啊，我從小就不吃蕃茄的。」

『我怎麼沒有印象？』

「因為你這個窮小子根本就沒請我吃過飯呀！」

他害羞的笑。

「以前約會都是帶我去公園散步，這樣而已，連杯飲料也沒請我喝過，嘖。」

『這就是當年妳把我甩掉的原因嗎？』

「不是啦。」

『我還以為是因為我太胖的關係耶，害我後來立志減肥還連甜食都戒掉了。』

「原來你那時候那麼愛我哦？」

『現在搞不好還是那麼愛妳呀。』

「……」

裝作沒聽到的，我忍不住把不吃的薯條也一條一條的排放整齊。

『這樣吧，晚上有沒有空？我請妳去吃燭光晚餐。』

「你這是在追我嗎？」

他害羞的低頭乾笑著，默默的把我不吃的蕃茄和薯條都吃了精光。

燭光晚餐，以及續攤到觀景台上，我們肩並著肩看著城市燈火通明和天上的繁星點點。

『欸，我一直很想問妳耶，為什麼唸了醫學院畢業後卻不當醫生？我記得妳那時候一直是第一名不是嗎？』

因為我實習後才發現我受不了碰到那些病菌，光想就覺得我會因此而生病。

「因為那時候我的公司開了高薪挖角我啊。」

而且還給了我一個無菌空間的辦公室，這點讓我很欣賞。

『哦，那——』

打斷他的窮追猛問，我指著星空、轉移話題：

「你知道嗎？所謂的星座不就是我們出生的時候，天上的那些恆星、太陽，以及地球的投影關係嗎？」

『好像是吧。』

「它們跟我們相距有幾億光年遠，這麼遠的大石頭在太空中的位置，到底跟我們的個性和人生有什麼關係呢？」

『這麼說來，好像是沒關係。』

「所以呀，我壓根才不信星座那一套咧。」

『我也是。』

「用人體裡的基因來算命，這難道不是比恆星的位置來得合理並且準確多了嗎？」

『也因此你們公司的基因產品才能賣得那麼好啊。』

呵。

伸出食指，我碰了碰食蟻獸的嘴唇，清了清喉嚨，我閉上眼睛假裝在認真的聆聽著什麼。

『這幹嘛？』

「基因算命啊。」

『喔。』

「嗯，嗯，答，答答……你沒有禿頭基因，答答，也沒有花心基因，答，有晚發性的肥胖基因，答答，性費洛蒙基因正在大量表現——」

食蟻獸突然開始輕咬住我的食指。

「喂！性騷擾哦你。」

『這不是約會嗎？』

「不是啊。」

我笑著否認，但越是否認，食蟻獸就越咬著我的食指不放。

「好啦好啦，這好像是約會啦！」

『好像而已嗎？』

「喂！」

『我才要喂咧！』捉住我的指頭，食蟻獸好深情的說：『我從大學的時候就對妳一見鍾情了耶！當妳答應我的追求時、妳知道我高興得連續好幾天睡不著覺嗎？』

「……」

『被妳甩了的時候我還是愛著妳哦，不，被妳甩了之後，我也還是很愛很愛妳哦！為了妳、我努力著讓自己變成更好的人，我用心的讓自己變好看而不再只是個沒錢的書呆子，我運動我忌口，我努力唸書，我認真工作，我每天每天都想著能不能上帝好心點讓我再次見到妳，就算只是一面而已也可以；而現在，好像美夢成真了一樣，妳就站在我的面前了，而這手——』晃了晃我的手，『妳知道這手、我可是花了六年的時間才終於能夠又握上的耶！』

「我有那麼值得被愛嗎？」

『當然有啊！不然我幹嘛愛了妳那麼久，而且這輩子只愛過妳？』

「可是我才剛失戀，這麼快又談戀愛好嗎？」

『為什麼不好？』筆直的凝望著我，他反問。

『嘿！妳是四季耶！我們心中的女神四季耶！好不容易我又遇到妳了，就算妳已經嫁了當媽媽了，我還是不要錯過妳！』

「……」

『所以，這只是好像是約會而已嗎？』

不知道為什麼，我突然被感動了。

「好啦好啦，是約會啦。」

『呵，那、那下次妳來我家坐坐好嗎？』

「你家？」

我突然覺得害怕了起來：他家乾淨嗎？衛生嗎？凌亂嗎？老天爺，我——

「哦，好呀。」

最後，我聽見我自己這麼說。

》第四章《

之一。瑪菱

在實驗室的研發會議裡，我熟練地用Pitet把藥品加入一排小試管中，等計時器的時間響起之後，同事拿來一份數據，低頭我檢視著這數據，我皺起了眉頭。

一見我皺眉，同事快快的解釋：

『這個抑制潔癖基因藥Anti-OR123，對嗅覺基因的抑制效果很不錯……』

挑著眉，我問他：

「但是它對其他功能基因……這個……P58、P302的作用太強了。動物實驗的結果如何呢？」

『很好，對強迫症有明顯的改善。』

四季？

「公司已經把抑制潔癖藥列入人體實驗的計畫中了嗎？」

『是呀？有什麼問題嗎？』

才想確認四季知不知道這項計畫時，另一個計時器又響起，戴上手套，我再度低頭檢視數據，我還是皺眉。

不行，這抑制潔癖基因藥的副作用還是太多了。

「我覺得人體實驗最好能夠暫緩進行。我們要先降低它對P58的影響才行……我想再多進行一組動物實驗。」

把數據還給同事，我脫下手套，趕緊擤鼻涕去。

該死！真的感冒了！都是被那個小房東害的！

大概是這陣子研究太忙的關係，被我置之不理的小感冒拖延變成了重感冒，這天早上，我虛弱的躺在床上沒有力氣下床，而四季拿了一杯熱牛奶和麵包走進我房間，說：

『我會幫妳請假，妳要記得吃早餐哦。』

「哦。」

『醫藥箱裡好像有感冒藥，我去幫妳拿過來。』

「不用啦，我待會自己去拿就好了。」

我不想要讓四季知道我每天都吃抑制肥胖基因藥，她會把我唸死。

「那好吧，妳吃完早餐要記得吃藥喔，不然感冒會越來越嚴重，我小時候妳知道——」

『好啦好啦，妳再不出門上班要遲到了。』

「好啦，掰伊～～」

待四季出門之後，我只喝了牛奶沒吃麵包，接著打開手機查看海馬的訊息：

——瑞士現在好冷。妳那邊還好嗎？

虛弱的笑了笑，我回覆訊息：

——我感冒了。要好好照顧自己，不然我會擔心。

不到一會兒，海馬就回覆了簡訊，原來他現在還醒著呀。

——我想吃蘋果。

接著手機傳來圖片訊息，我一看，是海馬在一個吧檯，他拿著手機，拍著檯邊裝飾用的蘋果。

我笑著按了按手機，桌上的無線列印照片機印出了蘋果的照片。

——聞不到蘋果的香味。很希望這時候可以在妳身邊照顧妳。

是呀……

可是你都不在，雖然從一開始我們就習慣了這樣的相處模式，可是……

嘆了口氣，我從包包拿出抑制肥胖藥，搖搖晃晃走出房間，在走過四季浴缸房的時候，突然一個腳滑，抑肥藥的蓋子沒蓋好，而瓶身就這麼鬆脫撒了一地，氣惱的我彎身蹲下把藥撿進垃圾桶裡，看見有幾顆藥滾到浴缸下方，可是我沒力氣伸手進去撿了，算了。

走進廚房我照例給自己煮了杯低咖啡因咖啡，此時門鈴突然響起，我心想這麼一大早的會是誰呢？結果門一打開，就是那個害我感冒的罪魁禍首，小熊。

「有什麼事嗎？」

『這個，給妳的。』

舉了舉手中的木盒子，小熊開開心心的笑著說。

「不用了，謝謝。」

我說，然後轉身我就要進屋子裡去。

『嘿！等一下啦，不是我送的，是有人送蘋果給妳，結果搞錯地址了，寄到我家去。』

海馬？

不可能吧？

『妳感冒啦？』

「是啊，託你的福。」

他內疚的搔搔頭髮，像是想起了自己兩度弄溼我的事情。

『對、對不起啦，我真的不是故意的，第一次不是故意，第二次已經特別小心了，可是……』

「算了啦。」我心軟的笑了笑，然後問他：「你會修電腦嗎？」

『會呀，我在美國的大學唸的就是計算機系。』

「那可以麻煩你幫我修一下電腦嗎？」

『好呀沒問題。』開開心心的笑著，小熊又補了這麼一句：『我的榮幸。』

把我的筆記電腦拿到客廳放在茶几上，小熊坐在沙發裡，鼓搗著電腦，那副專心的樣子沒想到還挺吸引人的。

其實他這個人並不壞嘛。我心想。真的只是不小心的吧……

我遠遠地站在一邊吃蘋果，並把外套圍巾帽子等全副武裝取下。

『好了！妳來看看。』

看著筆記電腦的螢幕，我狐疑的問：「我怎麼還是找不到我的ＭＳＮ呢？」

『有呀，在那裡！』

「哪裡？」

小熊傾身向前，用手指了一下電腦然後迅速退開，一副深怕不小心碰到我的身體會再被我瞪的正人君子模樣。

『妳的電腦應該不會也被水噴到了吧？』

我先是一楞，然後理解到他的這個幽默，我笑開來。

「謝謝你，小？」

『小熊。』

「謝謝你，小熊。」

從木盒裡拿起一顆蘋果我遞過給他：

「請你吃蘋果。」

『呵，謝謝。』接過蘋果湊近鼻子，小熊聞了聞，然後孩子氣的滿足表情浮現在他臉上：『好香哦。』

「嗯？」

『這蘋果，聞起來好香哦。』

——聞不到蘋果的香味。

——很希望這時候可以在妳身邊照顧妳。

不知道為什麼，望著小熊孩子氣的滿足表情，還有他手上的蘋果，我突然覺得有點寂寞；在蘋果的香氣裡，我想起那天和四季的鬥嘴：

「唉！世界上最危險的事，就是交往過的情人再度出現，不僅單身沒小孩，沒禿頭，沒大肚腩……而且誠懇熱情又甜蜜，最重要的是，還等了妳好多年。」

『世界上最偉大的事，就是男朋友才見過幾次面……妳卻還能一直愛他，一直等他……』

「……」

『瑪菱，偶爾也該現實點吧。』

最後，四季這麼說。

之二。四季

本來一切都在控制之中的、這第一次到食蟻獸家的拜訪兼約會。

吃完食蟻獸親手做的義大利麵之後，我們倆端著熱咖啡坐在沙發上看著以前的照片，於是我才發現，所謂的女大十八變這句話實在該改成男大十八變的。

指著相簿裡食蟻獸過時到不行的髮型，我哈哈大笑：

「哈～～你看你的髮型，帥的咧！」

『妳還不是一樣，捲捲頭的小甜甜。』

我瞪他。

「小甜甜個頭啦！除了那蠢捲頭髮之外，我明明就沒怎麼變吧？」

『有呀。』

「變老？」

『變……變漂亮。』

還結巴，真可愛。

抽了一張衛生紙，我幫他擦去額頭上的汗珠。

「流汗！哈！要稱讚女生變漂亮還會害羞咧。」

彆扭的裝起酷來，食蟻獸指著自己的額頭：

『這裡是Frontal bone（額骨）。』

「幹嘛突然的上起課來呀，親愛的骨科醫生，可別忘了眼前的你同學我當年可是班上第一名耶。」

『那這裡呢？』

挑釁似的，食蟻獸指著我的下巴。

「這是Mandible（下頜骨）。」

摸著食蟻獸的耳朵上方，這次換我問：

「這裡咧？換你！」

『我只記得這個叫Temporal bone（顳骨），唸起來像甜不辣。』

「哈～～甜不辣，你真的是、這點愛吃基因還是沒變耶。」

又彆扭的裝酷，食蟻獸快速伸手捉住我的手，拿了一支筆，在我的小手臂寫上Radius和Ulna。又拉上他的袖子。

『這節是Radius橈骨，這節是Ulna尺骨。上臂是……』

「Humerus。」

搶在他之前，我回答，而表情是得意。

『好啦好啦，第一名小姐。』

「知道就好，骨科醫生。」

骨科醫生微笑著湊近我，作勢要親吻，我一邊想要掙脫，一邊卻被他抱得更緊，就這麼笑著鬧著我們滾到了沙發下。

閉上眼睛，我感覺他先是吻了我的鼻子，然後是額頭，然後我微笑著張開眼睛，正準備迎接我們久違的First kiss時……

哎！不應該滾下沙發的！

當我微笑著張開眼睛，正準備迎接我們久違的First kiss時，我眼角餘光好煞風景的瞄到食蟻獸藏在沙發下的襪子。

襪子！

穿過的襪子！

穿過的有很多很多細菌的臭襪子！

不不不，四季，別理它，牠們傷害不了妳的，First kiss，對！浪漫一點，不要又來了，乖，聽話，First kiss。

轉頭，我試著再微笑著迎接我們久違的First kiss，就無奈眼角餘光又瞄到電視櫃下方有一根掉落的牙線棒。

牙線棒！

用過的牙線棒！

用過的有很多很多細菌的牙線棒！

好了夠了我承認我辦不到，我是四季，我有潔癖，我恨細菌，我不要生病，從小就這樣，我認了！

「呃……食蟻獸。」

『嗯？怎麼啦？』

「我想上廁所。」

『啊？』

推開他，我拔腿跑向廁所，關上門，我深呼吸。

廁所。

廁所！

躲到廁所是個錯誤的決定！

我怔怔地望著鏡子上日積月累、乾掉的牙膏泡，轉頭，我又瞄到衛生紙盒裡是被水淋溼的衛生紙，我嘴巴告訴自己要忍耐、別又搞砸了，不可重蹈覆徹，不可以……

但我的雙手卻是不由自主的打開水龍頭，把水潑在鏡台上，用力抹掉鏡子上的牙膏泡。

停下來，四季！停下來！妳不可以要求每個人都像妳一樣潔癖，是妳潔癖不是他們不乾淨，停！

啊～～我再也受不了了！

抱著頭，我望著鏡子裡的自己，這幾年來的感情生活彷彿電影預告般的一一浮現。

首先，是前男朋友A。

沙發底下的臭襪子，我用掃把清出來，我清出衛生紙，清出可樂罐，最後我甚至還從沙發底下清出一隻老鼠木乃伊。

我忍無可忍了！

我把老鼠木乃伊拿到前男友A的面前，坐在椅子上前男友A若無其事看了我一眼，火大到不行的我用掃把刺向前男友A的心臟，刺得他整個人向後翻倒。

然後我們就分手了。

接著，是前男友B。

打開冰箱，裡面的蘋果已經乾掉了，我拿出來丟掉，接著我又發現吐司已經發霉了，強忍住噁心，我丟掉，還有，過期的牛奶結成塊，這下我直接嘔吐了。

正在吃泡麵的前男友B被我隨手抄到的棒球棒狠揍了一頓。

然後我們就分手了。

以及，前男友C。

那時候我們躺在床上，有個汗臭味我聞得很不開心。

「去洗澡。」

『我早上洗過了，明天再洗。』

「現在！」

『明天啦！』

我很生氣把前男友C用力踹下床，起身，還沒氣夠的拿起花瓶往他臉上丟過去。

然後我們就分手了。

老天爺！這全是我的錯嗎？

嘆了口氣，我把東西都擺放整齊，然後關掉水龍頭，打開浴室的門，我看見等在浴室外的食蟻獸，我尷尬。

「嗯……我想回家了……」

『我送妳。』

「呃……不用了啦。」

『怎麼了嗎？』

「沒事啦，突然有點貧血，走先。」

然後我就走了。

一走出食蟻獸的家，立刻我拿出手機傳簡訊給瑪菱宣洩我心中的怒火：

——我這次忍住了沒有殺人。但沒想到食蟻獸也是那種內褲穿三天，T恤穿五天，牛仔褲十天，運動鞋一百天，床單兩百天，都不洗一洗的超級可惡的髒鬼！啊～～

啊！！

『所以妳這次又不行了？』

才一回到家，瑪菱就端好了果汁等在客廳沙發上。

「為什麼全世界的男生都一樣呢？我也想和他們好好相處，可是我就是沒辦法。我只要看到那些亂七八糟髒兮兮的東西，我就會抓狂。我不想睡在臭臭的被子裡，我不想幫他們刷馬桶，我不想幫他們清垃圾，我不想變成每天都在幫別人打掃的黃臉婆，我不想一天到晚嘮叨別人去洗頭洗澡換襪子，而且明明就快抓狂了，卻還得很做作的裝出很溫柔的語氣……」

一口氣抱怨了這一堆之後，我發現自己突然很傷心。

「我本來好想跟食蟻獸在一起的，真的，我努力了，可是不行就是不行。」

拍拍我的背，瑪菱故作幽默的說：

『那妳這次用什麼行兇？』

「這就是最值得驕傲的地方，我這次終於忍住了沒有殺人，喂！我明明第一時間就傳簡訊給妳了，怎麼沒看啊？」

『沒收到啊。』

瑪菱拿起桌上的手機看看，手機顯示一通未接來電，可是很詭異的並沒有訊息。

『有一通妳打來的我沒接到。沒收到簡訊。』

從包包裡拿出手機我確認。

「喂！明明就有啊。」

按著手機，我突然瞪大眼睛，死了！完了！慘了！

「啊！！我傳錯人了！我把簡訊傳到食蟻獸那去了！」

『妳這次用簡訊殺人！』

啊～～

≫第五章≪

之一。瑪菱

不知道是不是那盒蘋果的關係，當我把它一顆一顆吃完之後，感冒居然不可思議的就這麼康復了，沒去看醫生、連顆感冒藥也沒吃，就這麼自然而然的康復了。

還康復的是我的心情，這陣子以來累積的工作壓力、身體疲勞、寂寞孤單隨著蘋果的香氣一點一滴的消失不見。

彷彿有魔力似的，蘋果。

康復。

我把那木盒子留下來，就擱在我的臥室裡，我不知道為什麼我會想要這麼做，我猜想我大概只是想要保留那蘋果的香氣；蘋果的香氣當然是無法永久保存的，不過很不可思議的是，每當我視線望向木盒子時，蘋果香氣的味道彷彿就能滿溢我的鼻腔。

那盒蘋果不是海馬送的。

我問過海馬了，在MSN上，問完之後，我們之間小小的尷尬了一下，不過很快的便將話題轉往別處；我猜想那盒蘋果其實是小熊送的，我不知道為什麼他不敢直說，其實我更不知道的是，他是從什麼時候發現我的感冒的？在我自己發現之前？

不過我知道的是，這小男生好像一直在偷偷觀察我，就好像是這天，我遠遠的開車回家時遠遠的就看到他騎著腳踏車在我們公寓門口繞呀繞的，我看到他而他沒看到我，沒看到我的他一見到快遞人員按著門鈴送件時，他故意把腳踏車停在我們家門口，拿出鑰匙，假裝自己是這住戶，裝模作樣的要開門。

『誰的快遞？』

『黃瑪菱。』

『哦，我姐啦。』

『請在這邊簽字。』

不知道為什麼，我覺得這樣在演戲給自己以及快遞看的小熊很可愛。

小熊草草地簽了字，然後收下快遞，接著他轉身，假裝要開門，直到快遞走掉。

我都快笑死了。

把車停妥，然後整理一下表情，我下車，假裝沒看見剛剛那段自導自演的戲，很自然的，我走向他，或者應該說是，我走回家。

「有事嗎？」

嚇了一跳的轉身，這會小熊才看到我，搔搔頭髮，他強裝鎮定的說：

『哦，快遞公司又把地址搞錯了，這個，是妳的。』

從他手中接過快遞，強忍住笑，不知道為什麼，我突然很想加入他這戲：

「難怪，因為這地址和姓名寫得不是很清楚嘛。」

『對嘛！』

鬆了口氣似的，小熊笑開來，孩子氣的傻笑，在陽光下顯得俊俏。

『這真的是很傷腦筋，不過沒關係啦，舉手之勞而已嘛，哈哈。』

「謝謝你哦。」

『不會啦，倒是……』支支吾吾了老半天之後，小熊從口袋裡拿出一張宣傳單：

『這個，我想妳會有興趣。』

接過宣傳單，我看見那是阿根廷探戈的演出ＤＭ。

「你怎麼知道我對這個會有興趣？」

『呃……聽我爸講的啦！有次你們聊到……』

「所以你特地去找這方面的訊息？」

『也不是特地啦，哈哈哈～～』又搔搔頭髮，『就剛好上網看到嘛，哈哈哈。』

強忍住笑，我謝謝他，謝謝他特地列印這張DM給我，還有上回他送的那盒蘋果。

『呃……妳、妳怎麼知道的呀？』

扮了個鬼臉，他靦腆。

「想必也是聽你爸講的呀，有次我們聊到……」

學著他的回答，我逗他。

『對、對不起啦，我不是故意要說謊的，只是……找不到理由、突然的——』

打斷他，我說：

「不會，總之，謝謝你的蘋果，託它們的福，我感冒完全康復了。」

『呵，那真是太好了。』

最後，他說，搔著頭髮，靦腆的說。

如果可以的話，我真想也送幾盒那樣的蘋果給四季，看看能不能神奇的改變她的重度潔癖。

當那天四季氣呼呼的從食蟻獸家回來、並且發現錯發簡訊之後，四季就一直悶悶不樂，我看得出來她是真的很喜歡食蟻獸，看得出來她是真的很想用心經營這段感情，所以她才會在第二次約會時就克服心理障礙去到對方家拜訪，所以她才會在發現食蟻獸的家就如同絕大多數的男人一樣不符合她的理想時，卻還能強忍住行兇的衝動。

我們都看得出來四季對於這段感情的不一樣，只是這次她好像還是搞砸了。

隔天，在開車上班時，坐在副駕駛座上悶了一晚的四季終於開口問我：

『妳說我到底該不該主動打電話給食蟻獸？』

「妳當然該主動打給食蟻獸啊。」

『可是他就不能先打電話來道歉嗎？他是男生耶！是他追我的耶！於情於理都應該是他主動打給我吧？』

「拜託，是妳惹了他！男生都是好面子的。我們公司沒有抑制好面子基因藥，倒是有抑制潔癖基因藥。」

『哦？』

挑著眉、四季很有興趣的看著我，我這才發現，我多嘴了。

「不過還沒通過實驗就是。」

『到哪個階段了？』

「還停留在動物實驗。」想了想，我決定強調，「可是連動物實驗都還沒通過哦。」

四季把臉轉開，透過玻璃窗上的倒影，我看見她的表情像是正在下著什麼決心那樣；才想要警告她別動歪腦筋時，她就先開口了：

『綠燈了。』

「還沒！抑制潔癖基因藥還沒綠燈！而且很紅燈！妳不要自己跑去研發組要——」

『我是說前面的紅綠燈啦，綠燈了。』

「哦。」

午餐時間，我在實驗室裡吃著生菜沙拉以及一瓶優酪乳時，海馬從ＭＳＮ上來了訊息：

海馬：等我回去，要不要一起去度個假？

瑪菱：當然好呀。

我笑。接著把從網路上看到的探戈演出的活動網址傳過去給海馬。

瑪菱：我要這個。

海馬：剛好是妳生日那天？

瑪菱：是呀。

海馬：那好，我會趕回去，一定。

一定。

整個下午我都在動物實驗房裡忙著抑制潔癖基因藥的實驗，突然的、有人敲了門走進來，轉身我一看，是四季。

原來早上的話題還沒結束，因為她顯然對這用藥十分感興趣。

很耐心的，我又解釋了一次：

「因為抑制潔癖基因藥的專一性不夠，目前動物實驗的結果是會產生極嚴重的副作用，所以在分子結構上還需要再做修正。」

不當一回事的，四季強詞奪理說著：

『所以更應該要儘快進行人體實驗嘛，這樣才能知道它的副作用是什麼嘛，也才知道如何進行修正啊。』

笑著瞪她，我堅持我的立場：

「總之，我還要等這一次的動物實驗結束才能評估啦，在這之前，妳何不去打個電話跟食蟻獸道歉呢？」

『幹嘛突然的扯到他啊？我又不是……』說著說著也沒了自信，索性就自動消音的四季，不死心的又把話題繞回去：

『妳不覺得應該拿我來做動物實驗嗎？別忘了妳說過的哦，我的潔癖基因值可是一般人的六倍呢。』

「好啦好啦，等人體試驗開始進行的時候，我一定第一個通知妳。」

我說，然後把抑制潔癖基因用藥鎖進藥櫃裡。

「妳說我到底該不該主動打電話給食蟻獸？」

『妳當然該主動打給食蟻獸啊。』

「可是他就不能先打電話來道歉嗎？他是男生耶！是他追我的耶！於情於理都應該是他主動打給我吧？」

『拜託，是妳惹了他！男生都是好面子的。我們公司沒有抑制好面子基因藥，倒是有抑制潔癖基因藥。』

整個早上我什麼事也沒辦法專注投入，滿腦子想呀想的就是這段早上和瑪菱的對話，而其實我沒坦白告訴瑪菱的是：昨天晚上我早就打過電話給食蟻獸了，但是他不接我電話，一開始是不接，到後來是接起後直接掛掉，嘖，是他不接受我道歉的，這又不是我的錯！

哦～～好吧，或許這是我的錯，是我那簡訊太過份，是我——

「喂！是我。」

靈機一動，我拿起公司電話打給食蟻獸，而他果真不知情的接起，趕在他發現來電者是我、然後又再度掛我電話之前，我搶先撂狠話：

「這次你敢再掛我電話試看看！我說你、氣了一整夜也該氣消了吧？」冷哼一聲，「不過是個傳錯的簡訊嘛！小心眼！」

食蟻獸噗哧笑了出來之後，我聽見他在電話那頭故作有風度的說：

『我並沒有在生氣，造成妳誤會了心裡不舒服，我很抱歉。』

「就跟你說對不起啦。我那時真的是一時氣話，其實你並沒有像我講的那樣，你只是有一點點不整齊而已……」

『對對對，我很骯髒，是嗎？謝謝妳的提醒。但我覺得那是個人認知的差距。』

「好啦好啦，差距就差距，對對對，是我有潔癖。」

『有潔癖還是太潔癖？嗯？』

嘖。

「重度潔癖，這樣你滿意了吧？」想了想，雖然在這個節骨眼上說這不太適合，不過我就是嘴癢的想要乾脆說個清楚：「順便告訴你好了，當年甩了你的原因也不是你胖你窮或你笨，而單純的只是因為我的重度潔癖受不了你打完球後渾身汗臭味就跑來教室找我熏死我，怎樣？」

『喂！沒記錯的話我明明有把汗擦乾淨了才去找妳的好嗎？』

「把汗擦乾淨哪夠呀？你起碼要沖個澡吧？不，沖個澡也不夠，你一定要抹肥皂——」

『重度潔癖小姐……』

打斷我，食蟻獸笑岔了氣的說，就在他笑到我險些翻臉之後，他趕緊清了清喉嚨，試圖為我的重度潔癖辯解：

『好啦，妳也不用這樣說啦！男生一個人住，總是比較隨性一點。』

「是隨性還是骯髒？」

『重度潔癖小姐！』

哈！跟他耍嘴皮子真好玩。

「我跟你說，我決定要克服我的潔癖。用科學的方法，從腦部、從生理上直接來解決我的潔癖問題，你一定要給我一點時間，因為……」好害羞，不過：「因為我想跟你在一起。」

開開心心的笑著，明明就甜滋滋的食蟻獸卻還堅持要耍嘴皮子：

『妳該不會是要去打開腦子，切掉腦前葉吧？那個是上個世紀的手術方法，而且會把人變成沒血沒眼淚的科學怪人。我才不要跟一個不哭也不笑的人交往咧。』

不，不用那麼複雜，那是上世紀的事，而這世紀的我，只消吞幾顆藥丸子就可以徹底處理掉我身體裡這尋常人六倍的潔癖基因。

——我們公司沒有抑制好面子基因藥，倒是有抑制潔癖基因藥。

——不過還沒通過實驗就是。

——連動物實驗都還沒通過哦。

呃……雖然它還沒進行到人體實驗的階段，但、管他去的，反正是瑪菱研發的藥，我有絕對的信心沒問題的！對！就這麼辦！

和食蟻獸和好之後我掛上電話，立刻起身走到試驗組趁著瑪菱不在時隨便找了個人喊道：

「喂！試驗小組的，給我一份人體試驗同意書，快點快點！」

要是剛好瑪菱回來可就不妙了。

雖然他一副很想問我要這同意書幹嘛的好奇表情，不過他還是識相的忍住沒問而只是默默給了我一份人體實驗的同意書，看了看同意書上頭還沒有Key上藥品的款項，在心底嘖了一口氣之後，故作若無其事的，我又說：

「那個……你把藥品款項單給我，我想先研究看看這東西要怎麼行銷的好。」

『可是瑪菱說——』

目露兕光的、我瞪他，見他還一臉的猶豫，我只好現了現我的名片好提醒我的職稱是什麼，被提醒了的他只好硬著頭皮把人體試驗用藥單找出來給我。

快快的瀏覽過藥單之後，指了指最下方的暫停這兩個字，我問他：

「這個抑制潔癖基因用藥的人體實驗計畫暫停，為什麼？」

『因為瑪菱呈報這個藥目前在動物實驗階段很不穩定，所以不適合進行到人體實驗階段，上頭就決定先暫停了。』

「意思是這些藥目前都只在瑪菱的實驗室裡？」

『嗯哼。』

嘖！真麻煩。

「好吧，我明白了。」把人體試驗用藥單丟還給他，為了安全起見，我補上一句警告：

「還有，這事不准跟瑪菱打小報告，知道了嗎？」

『為什麼？』

「為什麼你不用管，而且如果被我發現的話，你這位子明天就會換人坐，沒記錯的話，外面有一大把醫學院學生想擠進我們公司裡，這樣你明白我的意思嗎？」

他差點沒給嚇死，哈！真好玩。

「還有，桌子收一收擦一擦，真的是、髒死了！」

真的是，麻煩死了，因為瑪菱可不像那阿呆那麼好嚇唬，沒辦法，我只好硬著頭皮發揮演技，若無其事的去到瑪菱的實驗室探探口風：

「嘿！瑪菱，我來問那個抑制潔癖基因藥的事。」

『怎麼了嗎？還沒到行銷的階段吧？』

「對，這我知道，我只是想做一下事先的準備。」

狐疑的打量著我，最後瑪菱又重複了一次她早上告訴過我的話：

『因為抑制潔癖基因藥的專一性不夠，目前動物實驗的結果是會產生極嚴重的副作用，所以在分子結構上還需要再做修正。』

哎～～瑪菱這死腦筋，真是的。

「所以更應該要儘快進行人體實驗嘛，這樣才能知道它的副作用是什麼嘛，也才知道如何進行修正啊。」

『總之，我還要等這一次的動物實驗結束才能評估啦，在這之前，妳何不去打個電話跟食蟻獸道歉呢？』

「幹嘛突然的扯到他啊？我又不是……」老天爺，要是被瑪菱知道我為了和食蟻獸和平交往於是決定吃藥豈不砸我招牌搞不好還被她笑到掉下巴？不妥不妥。

清了清喉嚨，我決心再說服她：

「妳不覺得應該拿我來做動物實驗嗎?別忘了妳說過的哦，我的潔癖基因值可是一般人的六倍呢。」

『好啦好啦，等人體試驗開始進行的時候，我一定第一個通知妳。』

她說，然後把抑制潔癖基因用藥鎖進藥櫃裡。

快速的看清楚瑪菱把藥鎖在哪個藥櫃之後，我離開。

然後又偷偷跑回來，當我確定瑪菱下班回家了之後，而且這次我身上多了一把跟瑪菱『借』來的藥櫃鑰匙以及一個方便我偷藥回家的糖果罐子。

哈哈!大功告成了。

再見了!這尋常人六倍的重度潔癖狂四季!

哈!

》第六章《

之一。瑪菱

世界末日到了。沒錯！一定是這樣！

才一走進會議室裡，我就立刻明顯的感覺到空氣凝重，每個人看起來表情都如喪考妣，轉頭我悄聲問四季發生了什麼事嗎？她才想回答時、主管便冷著臉走進來，於是她只是沉默的做了個表情給我。

那個表情是同情。

一走進會議室，主管深深的嘆了口氣，揉著太陽穴上暴動的青筋，他終於開口了：

『有部分使用本公司「抑制肥胖基因藥」的客戶，在這個月體重突然急遽上升。』

不會吧？

『臨床部統計發現，這些突然又變胖的客戶，都是服用了上個月前上架的抑制肥胖基因藥。這代表什麼？』

『這代表我們的生產線出了問題？』

坐在我對面的同事邀功似的搶先回答，結果只是惹來主管的一頓火大，火大的他吼著：

『這代表本公司即將面對重大的危機！』

「怎麼會這樣？」

又揉了揉太陽穴，主管哀傷的回答：

『生產部發現，是生產抑制肥胖基因藥的細胞株發生污染，而且污染的時間可能超過三個月以上。因此這項藥品要立即全部下架，所有庫存必須銷毀。研發部要以最快的速度培養出新的細胞株，交給生產部。這要花多少時間？』

「最快兩個月。」

我說，然後清楚的聽見坐在我身邊的四季倒抽了一口氣。

『不行，最慢是一個月。』

我簡直要昏倒了。

「可是妳不可能命令細胞的分裂週期增快啊！」

『那門市部要如何應付？』

終於，四季也開口，我知道她無意增加我的為難，只是這也是她的工作。

難怪她剛剛給了我一個同情的表情。

轉頭望著窗外，我思忖著是不是乾脆打開窗戶從四十八樓高跳下去算了？

受污染……

又變胖……

體重急遽上升……

上個月前上架的抑制肥胖基因藥……

這代表什麼？

這代表我的世界末日到了，這代表我長久以來的夢魘這下子惡夢成真了，這代表——

『瑪菱！』

倒抽了口氣回過神來，我發現會議已經結束，而四季正用著急的眼神望著我，這我才發現原來我手捂著胸口、呼吸急促、而且還全身冒了冷汗。

『妳手邊應該還有上個月以前出貨的抑制肥胖基因藥吧？』

沒有，我都吃掉了。

『難不成妳也吃了有問題的藥？』

張開嘴巴，我聽見自己這麼回答：

「沒有，家裡還有一瓶沒開封的。」

我說，然後起身快步走掉。

該死！

一開始的時候我會為了保險起見給自己多放幾瓶存貨以備不時之需，可是這一、兩年吃下來什麼問題也沒有，所以我就掉以輕心了。

對！我手邊不但沒有上個月以前出貨的抑制肥胖基因藥，而且我這陣子吃的就是被污染的抑制肥胖基因藥，沒有用的藥，會復胖的藥！

應該是夢吧？

還能是夢嗎？

有個胖女人在我的房間裡走來走去，而特地飛回台灣來替我過生日的海馬此時人就在門外等著我，我不太願意相信那個胖女人就是我，可是她身上穿著的就是我的衣服沒有錯，她穿著我的衣服，梳著和我一樣的髮型，她轉頭看著鏡子裡的自己——我！

門鈴聲，海馬在門外期待的喊著我的名字，我快嚇死了！怎麼可以呢？怎麼可以讓海馬看見我這身肥模樣呢？怎麼告訴他：對！我從小就是這麼肥，而且更恭喜的是，我以後也還是會這麼肥！

天哪！

覺得很害怕的我想跑去躲在衣櫃裡，但是我太胖了，胖到衣櫃塞我不下，硬是想要擠進衣櫃的我感覺到全身的肥肉都難受的尖叫，一個腳打滑，我摔了下去。

倒抽了一口氣我驚醒過來，還好只是夢。

還好只是夢……

嘆了口氣我下床，走進浴室裡把自己梳洗乾淨，不知道是不是心理作用的關係，看著鏡子裡的自己，我突然覺得臉好像圓了一圈，抬了抬手臂，感覺手臂也開始圓潤，手放下，我捏了捏腰際，天哪！這層肉是從以前就在了嗎？那大腿——

不，我已經沒有勇氣再看了，我沮喪的甚至連查看手機裡有沒有海馬傳來的簡訊都沒力氣。

走下樓，我看見餐桌旁的四季正把一大堆玉米片倒進用大碗公裝著的牛奶裡，而且還溢了出來。

嘖，吃不胖的死瘦子。

我聽見自己在心底詛咒了這麼一聲。

「可能服用了上個月出品的藥的客戶大約有多少人？」

我問。

『預估是千分之二。』

千分之二，在腦海裡飛快的算了算我們的客戶量，嘆了口氣，我說：

「那我們準備被幾千個胖子告上法院吧！」

『如果我們用沒有藥性的安慰劑，假裝成抑制肥胖基因藥，擋它一個月，復胖的效果會很明顯嗎？』

會，而且很明顯，看我就知道了。

「而且這消息爆發出來的話，我準備失業，妳準備坐牢。」

『哎～～真煩人，還是吃東西實在，一吃解千愁哪。』把牛奶倒進大碗公裡，四季問我要不要也來一碗？

天哪，我根本連水都不能喝了吧？

「剛起床，沒胃口。」

『一個月以後，最多兩個月，抑肥藥就可以生產出來，應該不會有事吧。』擔心的望著我，四季想了想，決定還是說：『而且，就算要去坐牢，妳也不能都不吃東西吧！那會要人命的。』

說完，她開始大口大口吃早餐。

吃不胖的死瘦子！

我聽見自己在心底又詛咒了一次，而且這次更咬牙切齒了些。

『我向妳保證，我絕對不是在故意激妳才吃這麼多的，我是真的很餓。』

「我知道啦，我也只是不餓而已。」

『哦，那——』

才想說些什麼時，四季的手機響起，她低頭看了一眼來電顯示，從她的表情一看就知道來電的人準是食蟻獸。

四季跑去接電話。

奇怪？他們兩個人復合了？食蟻獸受得了四季的潔癖了？有可能嗎？

之二。四季

在餐桌上，我和瑪菱聊著昨天的該死會議。

「如果我們用沒有藥性的安慰劑，假裝成抑制肥胖基因藥，擋它一個月，復胖的效果會很明顯嗎？」

會，而且很明顯。從瑪菱臉上瞬間的驚恐表情就知道了。

『而且這消息爆發出來的話，我準備失業，妳準備坐牢。』

「哎～～真煩人，還是吃東西實在，一吃解千愁哪。」把牛奶倒進大碗公裡，四季問我要不要也來一碗？

我真怕瑪菱又回到我剛認識她時、為了怕胖結果連水也不敢喝時的狀態。

『剛起床，沒胃口。』

那幹嘛眼睛發直的盯著我的早餐猛吸口水？

嘆了口氣，我安慰瑪菱：

「一個月以後，最多兩個月，抑肥藥就可以生產出來，應該不會有事吧。」擔心的望著瑪菱，想了想、決定還是說：「而且，就算要去坐牢，妳也不能都不吃東西吧！那會要人命的。」

說完，我開始大口大口吃早餐。

「我向妳保證，我絕對不是在故意激妳才吃這麼多的，我是真的很餓。」

『我知道啦，我也只是不餓而已。』

「哦，那——」

才想說些什麼時，我的手機響起，低頭看了一眼來電顯示，果真連猜也不用猜就知道是我心愛的食蟻獸。

「喂？食蟻獸啊！」

『是啊，今天值早班，晚上下班後請妳去吃牛排如何？』

「牛排，好啊！」回頭看看瑪菱起身回房間了，立刻我把自己溜回廚房裡，望著那晚從她實驗室裡偷來的抑制潔癖藥猶豫著。「可是……」

『可是什麼？妳還是不願意跟「骯髒鬼」去吃飯嗎？』

怎麼那麼愛記恨呀？這傢伙……

「我說過是我太潔癖啦！……你就不要故意講這些話酸我了好咩。」

邊講我邊再次回頭確定瑪菱已經上樓回房間了，立刻我從櫃子裡拿出糖果鐵罐，拿出一顆抑制潔癖藥。

「只是，我現在還沒有把握到底有沒有效，因為還沒通過動物實驗階段——」

『什麼動物實驗階段？』

唔……一個不小心說溜了嘴，趕緊改口，我說：

「沒有啦，剛在跟瑪菱講工作上的事。」清了清喉嚨，我好誠懇的說：「你再給我一點時間，等我準備好了，我就會跟你說。」

『我真的很擔心妳，妳到底要做什麼事啊？什麼動物實驗階段？為什麼我剛沒聽到瑪菱的聲音？』

「欸、你要對我有信心啦，先醬囉，掰伊~~」

說完，我深呼吸又深呼吸，然後快快的把一顆抑制潔癖藥丟進嘴巴裡。

結果我發現我該吞的是頭痛藥才對。

頭痛呀頭痛。

因為這次的婁子捅得太大了，主管深怕門市小姐會應付不來，於是下令要我親自到門市坐鎮，不親臨現場還好，一親自去到門市，我幾乎想替這些門市小姐掉眼淚了。

在門市裡，有一位暴躁的胖女士十分不爽的大吼著：

『供不應求？』

門市小姐用眼神向我求救，我用眼神鼓勵她勇敢面對，然後就低頭看我的雜誌。

『是的，因為抑制肥胖基因藥的銷路太好了，所以這週缺貨。等貨到了我就通知妳。』

然後暴躁的胖女士就幾乎要抓狂了：

『等貨到？我最近還不知道為什麼突然變胖了，你們竟然還缺貨！這不是罔顧消費者權益嗎？』

『真的很抱歉。』

『抱歉？褲子都穿不下了，妳道歉就有用嗎？我要到法院去告你們。』

撂下這狠話之後，暴躁胖女士氣沖沖地走了。

只留下尷尬萬分的門市小姐和我面面相覷，以及在後面等候的客戶開始交頭接耳。

頭痛呀頭痛。

等了整個早上，安慰劑終於緊急送到各門市，可是好像已經有點亡羊補牢了，因為就像眼前這位臉上寫滿殺氣的長期客戶，她正瞪著門市小姐還有門市小姐抖著手交給她的新包裝安慰劑，而我則是在一旁祈禱門市小姐可別露了馬腳。

抖著聲音，門市小姐說：

『這是您的抑制肥胖基因藥。』

挑著眉，這位我們的長期客戶質疑：

『換包裝啦？』

『是的。』

『什麼時候換的我怎麼不知道？』

『最、最近。』

『這個包裝比較好看，妳知道、你們的抑制肥胖基因藥一上市我就開始服用了，效果一直很好，可是最近不知道為什麼我好像突然又開始復胖了……』

一邊碎碎唸著，一邊這位忠實消費者把藥收進包包裡，走掉。

門市人員很緊張，把門關好，站起來走到後面的辦公室裡頭，看著她的表情、我覺得事情很不妙，於是趕緊跟過去。

「妳就不能表現得鎮定一點嗎?安慰劑又沒有藥性、又沒有毒性——」

『可是它真的不是抑制肥胖基因藥啊！』

打斷我，她開始歇斯底里。

「哎~~這有理說不清的啦，妳把它想成是有安慰效果的綜合維他命不就好了。」

『可是它真的不是抑制肥胖基因藥啊！』

又歇斯底里的吼了一遍、這門市小姐，甚至她開始扯起頭髮來了。

嘖，或許我該立刻逼她吞顆安慰劑才對。

「現在是非常時刻，把實情告訴消費者只會造成恐慌，妳知道我們的消費者有多少人嗎？」

『我——』

「全台灣一半的女人、我告訴妳！不給她安慰劑，妳是要怎麼辦？」

『我、我——』

「相信我，這是目前我們唯一能做的最好解決之道。」

『我……我不幹了，妳自己等著被全台灣一半的女人追打吧！』

一鼓作氣的吼了這句，門市小姐抓起包包含著眼淚的奪門而出。

唉～～

煩死人了實在是，在門市裡待了一整天下班回家之後，我只覺得全身虛脫得想立刻洗完澡就睡覺去。

在浴室裡我刷完牙之後，對著鏡子上的牙膏泡和水氣發楞，總覺得有個什麼不對勁，歪著頭我想了想，突然笑了一下，伸出手指不是立刻把牙膏泡和水氣擦乾淨，卻是在鏡子的水氣上畫圖，還把牙膏泡連接起來，組合成星座盤上的圖案。

天哪，怎麼這麼好玩？

刷完牙後我去到浴缸房裡泡個熱水澡，臉上貼著的是小黃瓜面膜，手上還一直把薯條往嘴裡送，這我才發現，原來邊吃東西邊泡澡是這麼的令人愉快！為什麼以前我會嫌髒而打死不肯這麼做呢？

一邊思考著一邊我仰頭，突然看見天花板上以前長黴菌的地方長出了『小香菇』。

『嘖，又來了。』

抓起件浴衣披上，光著腳丫溼著頭髮就出了家去到隔壁房東家按門鈴。

『咦？出了什麼事嗎？怎麼披頭散髮的就跑來？』好像是第一次見到我這模樣的關係，這笨熊突然捕風捉影的自己在那邊擔心了起來：『是不是瑪菱怎麼了？生病了嗎？要不要叫救護車？』

這笨熊！

「喂！我只是懶得換衣服而已你是在窮緊張個什麼勁呀？開口閉口瑪菱瑪菱的，怎麼？你愛上我們家瑪菱了不成？」

『沒、沒有呀。』

「沒有？那你是在臉紅個什麼勁？還有——」往他屋裡伸了腦袋過去，指著客廳裡流瀉的探戈音樂，我笑嘻嘻的質問他：「什麼時候你們年輕人也熱愛起探戈音樂來啦？自從知道瑪菱是個探戈迷開始嗎？哈～～」

『沒有啦！』羞得漲紅了臉，笨熊無奈的只好趕快轉移話題：『妳有什麼事嗎？咦？還光著腳丫子就跑來我們家？』

「哦，對哦，我居然忘了穿鞋。」無所謂的聳聳肩，我說：「幫我修天花板啦！又長出黴菌了。」

『哦，好呀！』

超開心的亮了眼睛，這笨熊跟在我身後進我們家，而且還探著頭四處張望著。

「別找了啦，瑪菱不在家啦。」

『我又沒有……』

「否認也沒用啦，喜歡就直接告白勇敢追求，姐姐我投你一票，嗯？」

『真、真的嗎？』

「真的啊，你這小子我欣賞，才不像那個什麼白痴馬，只會躲在網路上裝模作樣，呿～～」

『什麼白痴馬？』

「沒啦。」我指著天花板上的黴菌給小熊看。「這個啦！你給我清乾淨。」

小熊不好意思地撓撓頭：

『房頂的水管確實還有點漏水……我每天都上去鎖一次的，沒想到還是不行……』

「吼～～你就不能徹底修好嗎？我不是告訴過你嗎，黴菌生命力很頑強，清理不徹底，就會像這樣，長成可愛的小香菇──」

可愛的小香菇？難道不該是該死的會害四季生病的混帳黴菌嗎？

抬頭看著房頂的黴菌，再低頭看了看我的髒腳丫，我忍不住跟笨熊再確認一次：

「可愛……？我剛說的是可愛嗎？」

他點點頭，不太明白我在開心個什麼勁；不管他，我自顧著跑進房間裡察看，房間裡被子沒摺好，桌子上有吃了一大半的蛋糕，地板上有自己踩出的泥腳印，抬起腳丫看看，腳底板是黑的。

「啊！！」

「怎、怎麼了？」

慌慌張張的跑來察看我的小熊一頭霧水的看著對著房間大叫的我。

「天哪！有效了有效了！我怎麼一直沒發現？！」

『什麼有效了？』

「沒、沒事，謝謝你！」

說著說著我把笨熊推下樓，轉身我立刻打了電話給食蟻獸：

「食蟻獸！明天滾出來吃晚餐，新的四季誕生了，哇哈哈！」

『妳在興奮什麼啊？』

我在興奮新的四季誕生了啊！

哇哈哈！

第七章

之一。瑪菱

我總覺得四季好像有什麼事情瞞著我，自從我們談過抑制潔癖基因藥之後我就一直覺得有個什麼不對勁。

就像是那天四季跑來實驗室找我之後，隔天我發現藥櫃裡的瓶瓶罐罐在一夜之間被擺得整整齊齊，而且能夠整齊成那樣的（依大小、新舊，甚至是顏色！）在這個世界上我想只有四季辦得到，我拼了命的回想那天下午和四季在實驗室裡交談時、是不是她邊說著話邊動手整理我的藥櫃？

我想不起來。

又好像那天晚上睡覺時我感覺有人躡手躡腳地走進我房間，本來我以為是發了場有小偷跑進我房間的夢，但結果醒來之後覺得並不對勁，因為我的包包被動過了，包包裡除了皮夾和化妝包之外，最重要的就是我的實驗室鑰匙；起身我察看包包，可是裡面的東西完全沒有被偷走，大概是最近工作太累了吧、我想，要不怎麼回事的這麼不安穩而且還疑神疑鬼的？

乾脆下床我走到廚房去喝杯脫脂牛奶鎮定緊繃的神經，卻發現廚房裡有個偷偷摸摸的黑影，才以為我當場活逮到小偷時，一打開燈卻發現我以為的小偷原來就是四季！

「嚇死人哦妳！」

『妳才嚇死我咧！怎麼突然起床？』

「妳幹嘛不開燈？」狐疑的望著四季手中抱著的糖果罐，很不明白的我問她：「妳半夜下樓跑到廚房只為了吃糖？」

『嗯、嗯、對呀，在想個企劃案想到我貧血，所以吃顆糖增增血糖先，哈～～』很不自然的乾笑了幾聲，『喏、妳要不要也來顆糖？』

「不用了，謝謝，我討厭吃糖。」

小時候的肥瑪菱就是被糖果這東西給害的。

『那、我先睡去囉。』

「嗯，晚安。」

確定四季上樓離開廚房之後，我趕緊從櫃子裡拿出我的抑制肥胖基因藥吞下一顆，一般正常人的用藥量是一天一顆的，而自從瘦回標準體重之後，我就開始讓自己依照正常人的用藥量來服用抑制肥胖基因藥，可是不知道為什麼，最近我好像又有開始復胖的跡象，於是就決定乾脆把藥量加倍成早晚各一顆好了。

難道是中年發福嗎？

直到那天的災難會議之後，我才恍然大悟，原來不是中年發福。

沒辦法，為了安全起見我只好開始讓自己絕食、只吞維他命來保持身體的正常運作，而且沒有必要的話、我連水也不喝。

我知道這種減肥方式不健康，很不健康，但我只是不想要再胖了，只是想要這樣而已，不對嗎？

我不要再復胖回去了，我不要再當以前的那個胖瑪菱，不要就是不要！

用這種激烈的減肥法執行了幾天之後，我的身體開始向我發出抗議。

這天，在實驗室裡，我突然感到昏眩，才心想應該是營養不夠於是貧血的關係時，我的胃也開始激烈的痛了起來，痛的程度讓我忍受不住的彎腰扶著我的腹部。

『嘿！瑪菱妳沒事吧？』

我不舒服，很不舒服，我的身體在抗議，我知道絕食不對不好，可是我不要再復胖回去了，我不要再當以前的那個胖瑪菱，不要！

「沒事，最近工作壓力太大了。」

『妳臉色很蒼白耶，是不是午餐沒吃空腹太久？要不要去吃個東西？』

「不要！」

我大叫，然後同事嚇了一大跳，我難為情的勉強自己擠出一抹道歉的笑。

我感覺到額頭開始冒出冷汗，我的手腳發抖的情況越來越嚴重，不過我還是強裝自然的又強調了一遍：「沒事，最近工作壓力太大了。」

到茶水間休息一下等這身體的不適緩和之後，我走回實驗室，打開我實驗室裡的藥櫃，我突然發現事情很不對勁：我發現抑制潔癖藥的瓶子，裡面只剩下五顆不到的藥！

四季！

強忍住快被氣到頭暈的不適，我拿起手機打給四季，結果她辦公室的助理說最近這幾天她都得待在門市協助抑制肥胖基因藥的現場處理，再打她的手機，結果她沒接我電話。

四季！該死！那藥連動物實驗都還沒通過，妳怎麼可以這樣子拿自己身體開玩笑？！

該死！

火大到不行的我乾脆把抑制肥胖基因藥的修改進度擱置不理，一到下班時間就準時下班回家，回家之後我看見門口四季的鞋子亂倒在地上，嘆了口氣幫她把鞋子放進鞋櫃之後，我走進客廳，而客廳裡的沙發上又堆了一堆四季的衣服，除此之外，廚房裡的垃圾也滿了出來，甚至垃圾桶後方還長了一小片的黴菌，更精采的是洗衣機，洗衣機裡的衣服已經塞成一個大甜甜圈形狀，而且很明顯地白色內衣和黑色襪子攪在一起，是洗好很久卻忘記曬的。

四季真的吃了那藥！

該死！該死！

把這些髒亂都收拾好之後，我什麼事也沒辦法做的只能坐在客廳裡等著四季回來，等到了夜裡，終於，我聽見四季愉快的哼著歌回來的聲音。

四季帶了一大包的食物進門，看到我在生氣，還把食物放到身後。

「拿出來！」

『妳終於決定要吃飯啦？』

裝死也沒用！

「我是說抑制潔癖基因藥！」

『什麼呀？那不是還沒通過動物實驗階段嗎？』

「別裝死了、四季！我知道是妳拿的！」我說，然後我聽見自己開始對著四季大吼：「看看妳現在的樣子！妳到底是一天吃幾顆？怎麼會藥效這麼誇張！」

『我的用量就跟妳吃抑制肥胖基因藥的用量一樣。』

四季冷冷的回嘴，而我只覺得心直往下沉。

從包包裡拿出人體試驗記錄表，四季故意顯得很鎮定的說：

『我每天都有填人體試驗記錄表，這個資料對公司是很有用的。』

說完，四季把記錄表放在桌上，而我不領情。

「這還不能進行到人體實驗的階段，我就說這最後一次！把藥拿出來，給我擺回實驗室裡，到此為止我可以幫妳把這件事情壓下來。」

『我不要。』

「妳不要？妳知道偷藥是犯了公司禁忌嗎？妳會因此被炒魷魚的妳知道嗎！」

四季沉默。

望著她眼底的受傷，我做了個深呼吸，然後試著用哄小孩的口吻再一次的告訴她：

「抑制潔癖基因藥的副作用還太大，會傷了妳的身體，還給我，四季，聽話，等到它穩定之後，我一定第一個通知妳！」

『是妳太大驚小怪了。』明知理虧卻還硬是強詞奪理的、四季辯解：『這藥的效果很好，而且我也不覺得有什麼不舒服的地方……倒是妳，沒有抑制肥胖基因藥了，妳就每天都不吃飯，搞得脾氣這麼暴躁……妳該不會是嫉妒我吧！』

我知道四季是想要用開玩笑的方式化解這僵局，可是或許正如她說的吧，我沒有抑制肥胖基因藥了，我每天不吃飯，我的脾氣暴躁到連自己都失控。

「我嫉妒妳？妳有種再說一次！」

『我不想跟妳吵。』

說完，四季轉身上樓，但沒辦法，我的火氣全湧上來了，在她身後，我吼著：

「妳有什麼好嫉妒的？一年換八個男朋友？」

僵住身體、停下腳步，轉身，四季冷冷的說：

『妳再說一次看看！』

我就再說一次了。

「妳雖然交了那麼多男朋友，最後還不是一個個都離開了妳！就因為妳總是以自我為中心，強迫別人接受妳的生活方式，妳根本就是一個沒有同理心的自私鬼！」

『我……自私？好，我承認我以前是以自我為中心。至少我很誠實。倒是妳！妳真的以為，海馬是妳茫茫人海中的靈魂伴侶？我呸！去他媽的靈魂伴侶，你們要真那麼相愛那麼天造地設的話，敢不敢一起生活看看？敢不敢每天醒來看到對方嘴巴裡有殘味、眼眶裡有眼屎的樣子？』

「……」

『海馬是全世界最優雅的男人，那時候聽到妳說這句話我差點沒笑死！那是因為妳只看到他在網路上的樣子！妳只看到他故意表現出來給妳看的樣子！而妳也是！』

「……」

『其實妳根本就是自卑！妳的外表雖然瘦了，但妳的心裡還是個胖子，所以妳永遠不敢誠實面對自己。』

彷彿是用盡了全身最後的力氣那般，我說：

「我的愛情不需要由妳來評論。」

『愛情？那算哪門子愛情？每天ＭＳＮ聊幾句，簡訊傳幾封，見過幾次面，就是愛情？我還他媽的天長地久了咧！』

「不要再說了，四季。」

『我說其實妳根本就沒有愛情。其實妳根本就沒有愛人的能力，所以妳才會躲到虛擬的網路世界裡搞網戀！又不是小孩子玩扮家家酒遊戲了、還網戀！妳根本不知道自己想要的是什麼，妳根本就有病。』

我……我有病？

之二。四季

「海馬是全世界最優雅的男人，那時候聽到妳說這句話我差點沒笑死！那是因為妳只看到他在網路上的樣子！妳只看到他故意表現出來給妳看的樣子！而妳也是！」

當我聽到自己飆出這句話的時候就知道該閉嘴了，可是沒有辦法，我的嘴巴不被我自己所控制，我心想這是不是抑制潔癖藥的副作用，不過另一方面我也打從心裡明白：這干抑制潔癖藥什麼鬼事！

我只是不想要再假裝了，不想要再因為瑪菱是我最好的朋友就假裝她的行為她的愛情我覺得很好沒有問題。

我早就看不順眼了。

「其實妳根本就是自卑！妳的外表雖然瘦了，但妳的心裡還是個胖子，所以妳永遠不敢誠實面對自己。」

我看見瑪菱臉上受傷的表情，本來我以為她會開口要我別再說了，然後我會悶悶的笑一下說聲抱歉，接著我們會假裝這場爭吵沒有發生過，繼續過著我們互相假裝對方的行為對方的愛情很好沒有問題的好朋友生活。

可是她沒有，她反擊：

『我的愛情不需要由妳來評論。』

「愛情？那算哪門子愛情？每天MSN聊幾句，簡訊傳幾封，見過幾次面，就是愛情？我還他媽的天長地久了咧！」

『不要再說了，四季。』

終於，瑪菱要我不要再說了，可是來不及了，我的嘴巴我管它不住，我繼續又說：

「我說其實妳根本就沒有愛情。其實妳根本就沒有愛人的能力，所以妳才會躲到虛擬的網路世界裡搞網戀！又不是小孩子玩扮家家酒遊戲了、還網戀！妳根本不知道自己想要的是什麼，妳根本就有病。」

把這幾年壓抑下來早就想講的話一股腦的說個乾脆，結果我才發現，原來說個乾脆之後，我的感覺並沒有原先想的那麼痛快，我反而後悔。

望著瑪菱負氣轉身的背影，我知道我是該道歉的，可是我拉不下臉來道歉，另有更重要的原因是：我不認為我有說錯什麼。

我可能說得太直接太過火了，但我沒有說錯什麼，我依舊是這麼認為的。

於是我的反應不是拉下臉來道歉，卻是賭氣的隨便收拾了行李，然後開車去找食蟻獸。

『來了來了，誰呀？』

「我啦！」

門一開，我抱著個黑色垃圾袋，氣沖沖地進來了。

『妳怎麼沒先打個電話？』

不管他，我一進門就開始脫鞋脫外套，就這麼沿路的丟在地上，最後我坐定在沙發上氣呼呼的嗆回去：

「怎麼？不行嗎？」

『很行呀。』

食蟻獸嬉皮笑臉的回答，接著泡了兩杯即溶咖啡端過來之後，我才終於說：

「我跟瑪菱吵架了！」

『為什麼？妳們不是好朋友嗎？』

「好朋友就不能吵架嗎！」

我又嗆聲，接著在心底嘖了一聲：這會不會也是抑制潔癖基因藥的副作用之一：容易火大？

把咖啡一口氣喝了乾之後，我狐疑的環顧著這亮麗如新的房子，我整個人很不解：

「你家怪怪的。」

『有嗎？』

食蟻獸反問我，而表情是期待。

「總覺得哪裡不對勁的感覺……」

『哪裡？』

他更期待了。

「吼！該不會是你有女朋友了吧？」

『我早就有女朋友啦。』

混帳！

「我就知道男人沒一個好東西！」

我吼他，然後起身走人，但沒想到食蟻獸從身後一把將我抱住，笑著說：

『妳不就是我的女朋友嗎？白痴。』

白痴。

『還有，我請了鐘點傭人來幫我打掃房子所以變乾淨了啦！本來還以為妳會第一眼就發現咧……』

我沒發現，因為我吃了抑制潔癖基因藥。

抑制潔癖基因藥。

在我搬到食蟻獸家沒兩天之後，這裡終於又恢復了往日的髒亂。

每天下班後，我和食蟻獸就在家裡邊吃Pizza邊看電視，開心得不得了；我把一片Pizza塞進嘴裡，忽然看到蟑螂在地上爬。

「有蟑螂！」

『在哪？』

食蟻獸立刻嚇壞了的把腳往沙發裡縮起來。

「不會吧?你怕蟑螂哦?」
『我不是怕蟑螂，我只——啊!牠爬到我腳邊了啦!好噁心~~』
「我打死你!」
隨手抄起拖鞋我既快又狠且準的往蟑螂身上打去，打個正著，正中紅心;得意洋洋的我隨手抓起一片DVD，準確地蓋住了蟑螂，然後就把DVD留在地上。
『喂!那是我的「教父」DVD耶。』
「哦。」
『教父是這電影史上最經典的電影耶!妳、妳拿它來蓋蟑螂?!』
「沒辦法呀，它就堆在『亂世佳人』的旁邊嘛。」
我無所謂地指了指地板上的光碟片堆，還有房間裡很多很多的髒衣服堆，接著視線再擱回電視裡，也沒洗手的就這麼又拿了片Pizza往嘴裡塞。
嘆了口氣，食蟻獸順手開始掃地，把DVD全掃進櫃子下面，然後起身把髒衣服堆全扔進洗衣袋裡。

我狐疑的看了食蟻獸一眼，我搞不懂他這麼愛乾淨幹嘛？

看完光碟片嗑完整盒的大Pizza之後，整個很飽的我和食蟻獸牽著手出門邊散步邊聊天。

『謝謝妳。』

沒頭沒腦的、食蟻獸說。

「謝啥？」

『妳真的變了，所以我下定決心也要改變！我要變得更愛乾淨！』

「隨便啦。」

我說，然後看到冰淇淋車。

「哇！冰淇淋耶！食蟻獸我要吃冰淇淋！」

『妳怎麼胃口變這麼大呀？從下班回來之後妳已經吃了炸雞吃了蛋糕吃了滷味還有一大盒的Pizza耶！』

「對耶，我什麼時候變得這麼愛吃了？」我說，然後腳步依舊不由自主的快跑到冰淇淋車前：「我要草莓的、巧克力的，哦、還有，再來一球香草的和芒果的。」

開開心心的舔著冰淇淋我們去到公園椅上坐下邊看風景邊吃它。

「喂、你那個咖啡的讓我吃兩口看好不好吃。」

『好啊。』

食蟻獸把甜筒伸到我嘴前，結果我吃得欲罷不能，居然就把他的兩球冰淇淋給全部吃了光。

在食蟻獸驚訝的眼神裡，我坦承：

「最近不知道為什麼，看到什麼都覺得好好吃哦。」

『喂、妳該不會是懷孕了吧？』

我先楞了幾秒鐘，然後快快的回想一下，接著我鬆了口氣，哈哈大笑：

「沒有啦，放心放心，你還沒這麼快當爸。」

『可惜。』

「喂！」笑著把我手中的四球冰淇淋也嗑掉，超開心的，我說：「還好我沒有肥胖基因，怎麼吃也不會胖，哈！」

『可是妳這樣暴飲暴食也不好吧？』

食蟻獸說，然後我瞪他，於是他識相的快快改口：

『那、妳要不要再來幾球冰淇淋？』

「要！」

》第八章《

之一。瑪菱

我是個科學家、研究者我知道，可是關於這點迷信、我從來就深信不疑——只要我一開始變胖，運勢就會開始變差——深信不疑，並且屢試不爽。

這天，我才一走進研究室時，就感覺空氣很不對勁，比上次的會議還要不對的那種不對勁；主管和同事面色凝重的站在實驗室裡，主管手上拿著一份實驗數據，桌上擺著那瓶標示著瑪菱〇五〇一的瓶子。

「怎麼了嗎？」

『妳把所有的細胞株都殺死了。』

同事回答我，而主管則是把臉轉開。

「怎麼可能！」

『妳拿錯我的瓶子了，然後把錯的血清都加進了抑制肥胖基因藥的細胞株。』

同事拿起那瓶標示著瑪菱的藥，指指髒瓶桶，往地上的髒瓶桶我一看，標示著他的瓶子躺在裡頭。

我試著想要回想，可是我怎麼就是回想不起來，回想不起來，因為我這幾天怕胖絕食，我的專注力被影響，我的身體在抗議。

搖搖頭，我問同事：

「你那瓶是？」

『抑制潔癖基因用藥。』

同事回答，臉色很差的回答。

「天啊！怎麼可能！」

『正是如此。』

「天啊！完了！」

終於，主管開口：

『完了！妳知道就好！』

「對不起。」

『對不起？現在的處境不是用對不起就能解決的。』

「我……」

我知道自己犯的錯誤是不能補救的，這次的危機我不但沒幫上公司的忙，我反而雪上加霜。

『妳重新解凍一批母細胞了嗎？』

「我立刻去解凍。」

我想這麼回答，盡最大的力量、挽回這個不可饒恕的錯誤，可是我發現自己並不在主管的視線範圍裡了，從進公司來第一次，我不在他的視線範圍裡。

他不是問我，這個他的愛將我，卻是問同事。

『是的。』

『聽說妳最近身體狀況不佳，常常打破東西是不是？』

「我……」

我在減肥，我力不從心，我的專注力被影響，我很抱歉，可是我只是不想要再復胖、這樣而已。

再給我一次機會，我會吃一點東西，我會——

『在公司最危急的時刻，妳不但沒有並肩作戰的體力，還造成阻力。妳回家放假去吧！』

「可是——」

『就這樣了，即刻起生效！』

「那、我什麼時候復職？」

主管冷冷的望著我，沒說話。

我完了。

回家。

我情緒低落地蜷縮在客廳的沙發裡，圍著大毛巾毯，懷裡抱著電腦，上網我想見海馬，想見的不只是海馬的ＭＳＮ，而是海馬本人，有他真實體溫的本人！

瑪菱：海馬你在嗎？

沒有回應，於是我又試了一次：

瑪菱：海馬你在嗎？

此時，海馬的名字終於跳出來：

海馬：在，忙著。

瑪菱：我現在好希望你在這裡，現在就在這裡！

海馬：我這幾天非常忙，要趕在妳生日之前回去。

瑪菱：你陪我……

這一句話還沒打完，海馬的話跳出來：

海馬：抱歉，我要去開會了。

又開會？

瑪菱：你陪我多說幾句話吧？

這句話才傳送過去，MSN的對話視窗就顯示對方離線無法接收。

變成只是個離線訊息了，我的寂寞，和脆弱。

嘆了口氣，我下線。

——其實妳根本就是自卑！妳的外表雖然瘦了，但妳的心裡還是個胖子，所以妳永遠不敢誠實面對自己。

——愛情？那算哪門子愛情？每天MSN聊幾句，簡訊傳幾封，見過幾次面，就是愛情？我還他媽的天長地久了咧！

四季那天的話又突然的浮現我的耳邊，從那晚之後我們就沒再見過面了，偶爾在公司的走廊上擦肩而過時，四季也是賭氣的把臉轉開裝作視而不見；我知道她說得對，我其實不是生她的氣，我是氣我自己，氣我自己胖，氣我的自卑，氣我只敢透過網路談戀愛。

搖搖頭，我把這討厭的想法甩開，起身我站在體重計上，站在體重計上的我卻不敢低頭確認上頭的數字，嘆口氣，我走回房間，把掛在衣櫃外、預備生日那天穿的禮服套在身上，我看著鏡中的自己，我又嘆了口氣。

還是變胖了。

我吃力地想拉上背後的拉鍊，可是不行，背後的拉鍊才拉到後背的中間就怎麼也拉不動了。

我怎麼會胖那麼多呢？我不是已經絕食好幾天了嗎？不應該胖那麼多吧？我——

背轉身對著鏡子看看，我鬆了口氣，原來是布料卡進了拉鍊裡，拉鍊拉不上去也拉不下來；我不自覺地走進四季的房間想找她幫忙，然而望著四季空盪盪的房間，這才想起四季早就離家出走了。

真好，她總是有地方可以去，總是有人收留她，想要每天醒來看到男朋友在她身邊就只管出門去，真好。

我嫉妒四季，沒錯，我嫉妒她，千真萬確的嫉妒她；嫉妒她的漂亮臉孔，嫉妒她的姣好身材，嫉妒她的坦白誠實，嫉妒她的敢愛敢恨，嫉妒……

一邊走回自己房間，一邊想把衣服從下往上脫掉，可是衣服卻怎樣都脫不下來，而且我笨手笨腳地還把自己的手卡在衣服裡，沒辦法，我只好試著把衣服往下拉，結果我聽見撕的一聲，衣服不知哪裡裂開了。

深信不疑的瑪菱式迷信：只要一胖，什麼事就做不好。

正這麼懊惱著時，我聽見門鈴響起，我心想會不會是四季以為我不在回來拿衣服了？我連忙跑下樓去。

然而當門一打開，出現我眼前的人卻是小熊。

也是，四季自己有鑰匙，幹什麼還要按門鈴呢？

真笨，只要一胖，不但是什麼事都做不好，就連腦子也跟著鈍了。

瑪菱式的迷信，我深信不疑著。

「有什麼事嗎？」

他一楞，整個臉漲紅的呆站在我眼前，順著他的視線望去，這才發現我衣服脫了一半卻忘記，就這麼下樓來開門；而這次，我累得連生氣也沒力氣，索性就這麼讓自己狼狽吧。

「我變胖了所以衣服卡住了，覺得好笑就儘管笑沒關係。」

『哦，不，我不覺得好笑。』清了清喉嚨之後，小熊怯生生的問：『我可以幫妳嗎？』

「嗯？」

指了指我身上的禮服，小熊又說：『衣服，我可以幫妳脫下嗎？』

我驚訝的張大了眼睛，於是這小熊才發現自己剛才的話有語病，急急忙忙的，他解釋：

『不不不，我的意思是、我是、我——』

「我知道你的意思。」

我說，然後連我自己都覺得不可思議的是，我居然笑了出來，這是這陣子以來，我第一次能夠笑出來。

我覺得輕鬆了好多。

邀他進門，我順手拿了件毛毯包住自己，就這麼背對著小熊讓他幫我把卡住的衣服掙脫。

『後面的拉鍊卡住了。』

仔細的檢查之後，小熊這麼說。

「抽屜裡有修指甲的小剪刀，」用下巴指了指客廳的桌子，我說：「如果拉不開，就幫我剪開吧。」

『可是這禮服不就壞了嗎？』

「算了沒關係，反正我也穿不下它了。」

『哦。』

然後我聽見小熊深深地吸口氣，接著他找出小剪刀，一隻手輕輕探到了我的衣服裡，去按住那拉鍊，不小心就碰觸到了我的肌膚，我感受到了小熊指尖的碰觸，身體微微一緊。

「欸，我問你一個問題，你誠實回答我沒關係。」

『哦。』

「你真的喜歡我嗎？你為什麼喜歡我？你難道不覺得我很沒有女人味嗎？你難道不覺得我呆板又無趣嗎？」

我以為我這麼問了，但是結果我沒有，我問的是：

「你會不會覺得我胖了？」

『嗯呀。』

「……」

『可是妳胖一點好看。』

「你這是在安慰我呀？」

『不是啦，是真的。』成功的剪掉我後背卡住的拉鍊之後，鬆了口氣，小熊很得意的宣布：『呀哈！我真是太厲害了！沒破壞到這禮服，這樣妳只要換個拉鍊就可以繼續穿這禮服了。』

「我穿不下了。」

『不會啦，妳把腰圍放大一點就可以穿了。』

「我變胖了，穿了不好看。」

大概是鬆了口氣的關係，小熊變得比較自在了一點：

『誰說的？我覺得妳這樣很好看，真的。』

「胖子不會好看的。」

『才怪，妳這樣真的剛剛好，妳之前——』

然後連我自己都不知道為什麼的是，我吻上了他。

之二。四季

我開始覺得瑪菱說的是對的，這抑制潔癖基因藥副作用太多了，多到根本連人體實驗都還不可行！

我已經知道我錯了，可是怎麼辦？我回不了頭了。

我不想回頭停藥重新變回重度潔癖的四季，可我又拉不下臉去問瑪菱可不可以幫幫我，我該怎麼辦？沒辦法，我只好去找其他的同事。

來到試驗組，我偷偷問試驗小組同事。

「喂，我最近變得好愛吃，一看到食物就忍不住。」

『會不會是懷孕啦？』

「不是啦，雖然我現在很幸福沒錯……」用水汪汪的眼睛，我故作可愛的向他撒嬌：「其實……我是想問你有沒有抑制貪吃的藥？」

『……』

「喂！你幹嘛都不講話呀？」

『好吧好吧我就老實告訴妳吧！最近公司裡有傳出藥被偷的風聲，雖然還沒查出是誰——

——』

打斷他，我說：

「我知道是誰。」

『是誰？』

「你把藥給我，然後我就告訴你是誰，如何？這對你的升遷應該是大大的有幫助吧？」

他同意。

『確實是有製造飽食感的藥，不過是給小胖威利症患者吃的，一般人不能吃。它對肥胖基因無效，對控制欲望有效。』

「給我！」

『可是——』

打斷他，我又說：「否則我就放風聲說藥是你偷的。」

『妳敢！』

「你猜我敢不敢？別忘了我是公司裡有史以來升遷最快的人喏。」

『……』

我知道這樣很過份，可是——

「哎喲！這事你知我知，再說藥的盤點不都是你經手嗎？你在表單上少填個一瓶，又有誰會發現呢？」

『好吧好吧。』很無奈的，他拿了一瓶製造飽食感的藥給我，但隨即又補了這麼一句：『但它有副作用哦，我可先警告妳。』

耶！又驚險過關了！

這天，食蟻獸回到家才一開門時，我就很開心跳起來迎接他：

「加班加這麼晚。你吃過了嗎？」

食蟻獸點點頭，然後很疲累的倒在沙發裡，見狀、我也坐在沙發另一頭，然後開始講自己工作上的事情，然後不知道為什麼，一講我就停不下來。

「我因為不餓所以就沒做晚飯，不過我有把客廳整理整理。」

食蟻獸很困擾的看著依舊凌亂不堪的客廳，不過不管他，我還是好開心的繼續講：

「我跟你說，我們公司那個秘密危機，好像找到解決辦法了，可能是瑪菱研究出來的吧！不曉得耶、我好幾天沒在公司看到瑪菱了，可能就是因為她一直躲在實驗室裡忙著做研究吧。」

『四季——』

「還有，今天我找資料的時候，有看到一個自閉症的案例。那是一個有自閉症基因的女士，她從來就沒有辦法跟人接觸，也不明白為什麼見面要高興，分手要難過。可是她又記得小時候媽媽的擁抱可以讓她安靜下來。所以她就給自己做了一台擁抱機，下班回家以後，靠著機器的擁抱，釋放自己的壓力。」

『四季，妳可不可以安靜一下讓我喘口氣先？』

「哦，好吧。」好開心的我張開手臂：「來，抱一下抱一下。」

食蟻獸張開雙手，我於是湊過去抱他。但還繼續在講。

老天爺！我什麼時候變得這麼饒舌？

我饒舌到連食蟻獸去上個廁所都要捱在門口繼續和他講話：

「因為這個自閉症的女士同時也是畜牧學家，後來她就也做了給牛用的擁抱機，果然牛被抱抱以後，牛奶的產量就增加了。」

『四季！妳可不可以讓我專心大便？』

「哦，好呀。」我說，然後繼續講：「她就利用自身自閉症的觀點，做了很多對乳牛有益的事情。」

我講了一整晚的話，喋喋不休卻不覺得嘴巴痠，就連要睡了躺在床上時，我都還在講個不停。

「我覺得瑪菱應該也有自閉基因，她應該也要買一台擁抱機，讓自己過得輕鬆一點。」

『四季，妳講了一整晚，難道不累嗎？』

「不會呀，欸、你們不是跟很多醫療器材公司有合作嗎？他們應該要生產擁抱機。」

食蟻獸開始打呼了。

「喂，別睡嘛！你到底有沒有在聽我說話啊？」

食蟻獸沒有在聽，也不想繼續再聽，他拿起枕頭蓋住自己的耳朵。

嘖。

結果我好像睡覺時也是夢話講個不停，我講個不休，就連早上要出門上班時，話都沒有停過。

「為什麼你回來之後都不跟我分享你工作上的心得呢？我每天發生什麼有意思的事都有跟你講啊。」

終於臭了臉色，食蟻獸好嚴肅的告訴我：

『四季，我真的很愛妳。』

「我知道呀我也——」

連忙捂住我的嘴巴，食蟻獸搶先說：

『可是妳再這樣喋喋不休下去，我真的會被妳搞瘋掉！』

呿～～

沒關係，反正我上班可以找同事講去。

「到底是我要求太多，還是男生都這樣呢？男生都不聽別人說話的嗎？」

『四季，妳已經跑來跟我講了一早上的話了，妳這樣我怎麼工作？』

「我只是想要講一講工作上的事，他卻覺得我很囉嗦。我也很想分享他工作上的心得啊。」

『四季！妳是不是吃多了製造飽食感的藥？』

「咦？對耶！確實自從吃了製造飽食感的藥之後我就不再那麼暴飲暴食了可是相反的我不知道為什麼開心得不得了就一直一直想要講話喲我——」

『我這裡有抑制多話基因的藥，妳拿去。』

「可是你那天不是說公司之前——」

趕緊打斷我，他快快說道：

『就如妳那天說的，反正藥的盤點都是我在經手而已，在表單上少填個一瓶，不會有人發現。』

「那真是太好了，我今天晚上就吃去，可是問題是這樣一來我每天就要吃三顆藥這樣子——」

『四季！』他甚至開始吼了起來：『我求妳立刻就吃藥！我快要被妳搞瘋了妳知道嗎！』

「誰叫你都不說話，欸我說你該不會也是有自閉基因吧？你知道有天我看到一個自閉症的案例。那是一個有自閉症基因的女士——」

『我立刻去幫妳倒水讓妳吃藥！』

他說，然後起身拔腿快跑，可是連我自己都覺得不妙的是，當他快步跑掉之後，我還對著他的椅子講個不停：

「她從來就沒有辦法跟人接觸，也不明白為什麼見面要高興，分手要難過。可是她又記得小時候媽媽的擁抱可以讓她安靜下來——」

啊！我可不可以閉嘴呀！？

》第九章《

之一。瑪菱

——對不起，我走不開。

我沒想到在我生日這天，得到的不是海馬的陪伴，陪我過生日，卻是他捎來的簡訊：對不起，我走不開。

對不起，我走不開。

對不起，我走不開。

對不起，我走不開。

對不起……

本來我以為我會哭出來的，但是結果我沒有，我覺得眼睛腫腫的、胸口悶悶的，但是結果我沒有哭，我只是怔怔的望著掛在衣櫃上的禮服，然後感覺心很痛。

心痛。

禮服沒有去改大腰圍，因為我想讓海馬看見我最好的模樣，為了把自己塞進禮服裡，硬撐著身體的嚴重不適，我依舊激烈的絕食，我並不奢望自己能瘦，但我只是起碼想要別再復胖。

在我生日的這一天，見到我久違的海馬，可是海馬沒有來，他只傳來個簡訊，簡簡單單一句話：對不起，我走不開。

去他媽的對不起！

我低吼，然後負氣穿上禮服，我決定獨自去看探戈表演，我決定陪自己過生日，反正也不是第一次自己過生日，反正也不是第一次海馬他缺席，反正——

反正四季說得對，反正四季說對了，這算哪門子愛情？每天MSN聊幾句，簡訊傳幾封，見過幾次面，就是愛情？還他媽的天長地久了咧！

四季說對了，可是也來不及了。

深呼吸，我深呼吸，摸了摸眼角，確定沒哭之後，我用力的吸氣縮小腹，然後強忍著不適感我拉上緊繃的拉鍊，我決定獨自去看探戈表演，我決定陪自己過生日，我決定把這最好的一面留給我自己。

我判斷自己的情況並不適合開車，於是我打電話叫了部計程車，請司機把我載到國家音樂廳去，當我說出國家音樂廳時，我看見司機很狐疑的表情，是呀，看我這差透的臉色，其實該去的地方是醫院才對。

在心底我這麼自嘲著。

國家音樂廳。

探戈表演很棒，精準的舞步，迷人的表演，熱情的音樂，而我，一個人。

當表演結束之後，我把手機留在原本海馬該在的座位上，然後我起身離開，離開音樂廳，離開虛無的海馬。

離開。

當我走到門口時，我只覺得昏眩，本來我以為是身體終於支撐不了的原因，後來定睛一看才明白原來是我看見了小熊，就站在大門的門口，等待。

從那次意外的Kiss之後，我就刻意的和小熊避不見面，我知道他喜歡我，我害怕他喜歡我，而其實我更害怕的是，我喜歡上他。

他還那麼的年輕，而我今天就要三十歲了，他說我胖胖的樣子比較好看，可是我自己真的恨透了，恨透了我身體裡的肥胖基因，我不認為我們能天長地久，我甚至不認為我們合適交往。

雖然我很懷念那個吻。

我認為我的人生簡直爛透了！我的工作丟了，我的愛情是場笑話，我最好的朋友氣跑了，我的身體持續的胖回我憎恨的模樣，我懷疑我的惡夢就要成真了，那個每天每天的惡夢，夢裡胖瑪菱跳樓的惡夢。

惡夢。

『嘿！瑪菱！』

而終於，小熊還是在人群裡發現了我，他遠遠的喊住我，而我想要裝作沒有聽見，但是沒用。

他直接跑到我的面前。

『妳的朋友……沒有來？』

我沒回答他，我不想回答他，我不知道為什麼一見到他站在我的眼前，我這天累積下來的脆弱突然變得再真實不過，我於是轉身要逃，然而小熊卻用力的一把捉住我的手臂。

『他是誰？』

「不關你的事。」

『只要是讓妳傷心的人，就關我的事！』

小熊低吼著，然後很奇怪的是，強忍了一整天的眼淚，就這麼無聲的滑落下來。

『說話不算話的人，妳應該和他絕交的！』

「我已經把他捨棄了。」

我是很想要這麼說的，可是我泣不成聲，在小熊的懷裡，我泣不成聲。

『別哭，我在這裡。』輕撫著我的頭，小熊溫柔的說：『妳穿這禮服真的很漂亮。』

「才怪，我肥死了。」

『不會，真的。』我感覺到小熊的微笑在我的頭上揚起，『雖然妳每次都不笑，可是……可是……我也不知道為什麼……我……我，我想要跟妳說，我喜歡妳的樣子，不管是胖是瘦，反正那都是妳的樣子，從第一次看到妳開始，就喜歡妳。我想跟妳在一起！』

「不行！」推開小熊的懷抱，我哭著說：「我就是沒有愛人的能力，我就是不要跟任何人在一起……沒有人會喜歡我原本真正的樣子。」

『瑪菱！』

「走開，別靠近我！你走開，你走開。」終於情緒崩潰，忍不住的、我大吼：「你們所有人都離我遠一點！我是個失敗者！不要理我！」

這是我意識清醒時的最後一句話。

後來我終於身體不支、腿軟的跪坐在地上，只感覺到眼前一黑，然後我以為我可以成功的就這麼死了。

可是我沒能成功，因為我感覺小熊焦急地揹起我跑到最近的醫院，在急診室裡，我感覺到他一直握著我的手，我感覺到他的溫度，我感覺到他的陪伴。

也不曉得是多久的時間過去之後，當我從一團混亂的惡夢裡驚醒過來之後，環顧著四周，我發現自己正躺在病床上，望著窗外的天光，我驚訝著在一旁仔細削著蘋果的小熊。

「你一夜沒睡？」

『有啦，斷斷續續的睡一下。』

「回家去吧，小熊，我們不適合——」

打斷我，小熊顧左右而言他的說：

『醫生說妳就是血糖太低，要妳一定多補充營養。想吃什麼嗎？我去買。』

我沉默。

『嘿！聽我說，妳不喜歡我不想要跟我交往沒有關係，因為這個暑假結束之後我就要回美國繼續唸研究所了，所以妳放心，我不會再打擾妳的，我只會在美國遠遠的暗戀妳。』

「你為什麼要暗戀一個胖女人？」

小熊先是一楞，然後忍俊不住的笑開來，笑開來。

『妳為什麼要那麼介意自己的體重？』

「因為我從小就被嘲笑胖！我自卑我自憐，我甚至沒有辦法談一場面對面的正常戀愛！」

『妳有嘗試過嗎？』

我沉默，然後搖頭。

『沒試過妳怎麼知道？』

「我……我不知道。」

『那麼，我可以借妳練習沒關係呀。』

「小熊……」

『嘿！在醫院裡聊這個很怪。』傻楞楞的笑著，小熊又說：『來，先把這片蘋果吃了。』

我起身張開嘴巴，吃下這陣子以來第一口的食物，當小熊親手削的蘋果經由我的口腔吞至我的胃袋時，我有一種好奇妙的感覺：我的身體好像重新又活了過來。

『早餐想吃什麼嗎？我去買。』

「無咖啡因咖啡——」想了想，我改口：「熱巧克力和薯餅。」

熱巧克力和薯餅，我聽見自己這麼對小熊說，笑著對小熊說。

之二。四季

我覺得情況不太妙。

好啦！應該說是情況糟透了，因為不知不覺中，我已經變成每天得吃六種不同的藥來抑制我沒完沒了的副作用，我覺得很無助，我知道該停下來了，可是我變得很依賴藥，我不知道再這樣下去我是不是終於走到一天得吞下一整瓶藥的地步，我真希望瑪菱能在我的身邊。

就算是罵我幾句也好。

可是她不在。

心煩意亂的嘆了口氣，我把手中六顆不同的藥就著水吞下去，接著頭昏腦脹的回到床上睡覺去，可是床另一邊的食蟻獸睡得可安穩的，安穩到打呼打得吵死我，我實在是受不了的推推食蟻獸，可是他沒有反應，食蟻獸太累了，他每隔一陣子就得習慣我新的副作用，我知道，是我的錯，我懂。

沒辦法真的被吵得睡不著，我只好下床打開食蟻獸的抽屜翻找著，我隱約記得在這抽屜裡曾經瞄見過安眠藥，我不知道我有沒有記錯，自從開始大量吃藥以來，我的日子就過得混亂得不得了，不過還好這次沒記錯，確實是有瓶安眠藥沒錯，倒出一顆安眠藥我就著水吞了下去，接著我把這瓶安眠藥移到我藥罐裡去。

老天爺，我的用藥量正式邁入每天七顆！也罷！走一步算一步了。

這是我睡前的最後一個念頭。

早上，我昏昏沉沉的坐在餐桌旁，了無食慾，並且明顯的精神不濟。

『妳最近好像睡不好哦？』

「還好啦。」

『是不是我打呼吵到妳？』

「沒有啦。」

『可是妳打呼吵到我了。』

「咦？我什麼時候開始會打呼的？」

『這幾天開始的。』

「……」

『妳怎麼都不吃啊？妳以前不是最愛喝拿鐵和法國吐司嗎？』

「不曉得，最近突然沒胃口。」

『妳前陣子不是胃口大到可以吃下一整支軍隊嗎？』

我無力的笑了笑，算是回應食蟻獸的幽默，低頭望著眼前的早餐，不曉得瑪菱是不是還在逼自己絕食呢？

「瑪菱最近好像沒去上班，不知道她怎麼樣了？」

『妳擔心她就打電話給她呀。』

「才不要咧，她又沒打電話給我。」

『那妳幹嘛要問我？』

「我又不是在問你！」我聽見自己暴躁的對著食蟻獸吼了起來，「我只是在跟你表達這件事情，你能不能用點腦筋聽懂我講的話啊！」我越吼越大聲。「每次講完一句話都要我再解釋一遍，你不煩我倒是很累！」

『妳兇什麼呀！』

食蟻獸也吼了過來，於是我惱得把餐盤摔到地上，憤憤的起身離開。

躁鬱症，我心想。

晚上，我吞了七顆藥卻還是睡不著覺，我睡不著覺讀不上書看不了電視、什麼事也沒辦法做的就是一直在屋子裡走來走去。

『嘿，睡了吧，妳打呼沒關係啦，我吃顆安眠藥就好了。』

不理他，我走進浴室，打開鏡子後方的藥罐，瞪著藥罐裡的七瓶藥，我真想哭。

『同時吃七種藥已經夠危險了，妳絕對不能再擅自增加用藥量！』

我想起今天試驗組的傢伙這麼嚴肅的提醒著我。

可是已經不行了，每天只吃七種藥已經不行了！咬緊牙根再倒出了七種藥，我痛苦的望著手中的七顆藥。

我覺得它們在嘲笑我。

『嘿！妳最近怎麼了？變來變去的，一天一個樣子。』

食蟻獸的聲音在廁所外面響起，我沉默，沒有回答他。

『我累得要命時妳卻講個不停，我想給妳建議時妳卻又吼我，女人都這麼善變嗎？』

我還是沉默，凝望著手中的七種藥，咬著下唇，我做了個決定。

增加藥量！

我把藥一口氣倒進嘴裡，然後拼命喝水，我只是鴕鳥心態的自我安慰：其實增加用藥量又沒有關係，反正我多喝點水把它們代謝掉就好了。

於是我喝水，一直喝水，拼命地喝水，喝到嗆到為止，嗆得我咳個不停。

『四季！妳在裡面做什麼？』

我一直咳呀一直咳的，咳到抱著馬桶吐了出來。而食蟻獸還在外面敲門：

『四季！妳開門！』

我勉強站起來，把藥箱塞回去，才開了門鎖，又一陣強烈的噁心，沒辦法，只好又蹲下去抱著馬桶吐。

而食蟻獸推開門，擔心的看著我，他焦急的問我：

『妳不舒服嗎？還是真的懷孕了？』

「去你媽的懷孕！我什麼事都是因為懷孕嗎！」覺得很委屈，坐在地上大哭，我大哭又大叫著，「我做這麼多改變，還不是為了你！還不是為了你！」

皺著眉頭，食蟻獸無辜的說：

『我並沒有要妳為我做改變啊。』

「是嗎？如果我不改變我的潔癖，我們根本一開始就沒辦法在一起！」

說完，我衝到客廳隨手拿了個黑色垃圾袋，漫無目的地把自己的東西塞進去，像隻得了狂犬病的瘋狗一樣，我橫衝直撞。

『別鬧了、四季，我工作了一整天很累，有什麼問題我們睡一覺醒來，等天亮好好聊一聊，好嗎？』

「不好！沒什麼好說的，天亮我就要回家了。」

而終於，食蟻獸的火氣也上來了：

『隨妳便！』

隔天天才剛亮，我就立刻衝下床抱著我裝著行李的黑色垃圾袋跑出門，把垃圾袋隨便的往後車廂一塞，我開車上路。

我要回家了，我受夠了！

回家。

按了門鈴結果瑪菱卻沒有下樓來應門，看了看時間，我覺得詭異，這時候瑪菱難道不應該是正坐在餐桌上喝她的低咖啡因咖啡，吃兩片全麥吐司，然後邊看報紙好準備上班的嗎？

沒辦法，我只好從有夠大的黑色垃圾袋裡找鑰匙，找得我滿頭大汗的終於我找到了鑰匙打開了門，然而當我看見眼前的景象時，我當下唯一的念頭就是：

我真希望自己從來沒看過這副景象！

足足楞了大概三分鐘那麼久之後，終於我想到得趕快到隔壁找笨熊求救，於是三步併兩步的我跑到隔壁，急急忙忙的拍著小熊家的門：

「開門開門開門呀！」

接著我聽見一陣慌亂的腳步聲，門打開，是還睡的迷迷糊糊得小熊。

『什麼事啊？失火了嗎？』

「比失火還慘！」

『咦？』

「黏菌……黏菌！瑪菱……瑪菱……」

我越是著急的想把話說清楚，卻越是事與願違的結結巴巴。

『瑪菱怎麼了嗎？』

「瑪菱搞不好死了！」

最後，我聽見自己這麼說，然後嚎啕大哭。

≫第十章≪

之一。瑪菱

本來我以為只是發了場惡夢，結果醒來才驚覺並不是。

比復胖還可怕的惡夢，世界末日級的那種惡夢。

我猜想事情的前後經過應該是這樣：

在小熊的陪伴下我出院，出院的當晚小熊在廚房親手下廚煮了頓豐盛的晚餐當作是慶祝我出院的禮物。

『我、我不太擅長浪漫的約會，太羅曼蒂克我會很緊張不自在，坦白說探戈我也看不懂它有趣在哪裡，可是我真的很會煮飯。』

當我們兩個人對坐在餐桌時，小熊很抱歉似的說道，而我的反應是笑，開懷的大笑。

「吃完小熊親手做的晚餐之後，我就是新的瑪菱了！」

本來我是很想這麼說的，但是結果我沒有，我想我大概也害羞，所以我說的是：

「你煮太多了啦，我會肥死。」

『沒關係啦！再運動就好啦！這樣就不用怕胖不敢吃了。以後我每天陪妳去運動好不好？』

我微笑，然後點頭，然後把小熊親手做的晚餐吃個精光。

晚餐結束之後我們告別，因為身體還在復原的關係，小熊把碗盤洗乾淨之後就要我早點休息，我想他說得對，於是目送他離開之後我轉身上樓，在經過四季的浴缸房時我聽到滴滴答答的漏水聲，我當時只心想為什麼漏水還沒有修好？而沒有意識到那居然會是災難的開始。

災難，世界末日般的災難。

拖著疲累的腳步回到房間之後，我看到桌上忘記關的電腦螢幕閃爍著海馬MSN的對話視窗：

海馬：妳手機都沒接，妳在忙嗎？

海馬：好幾天沒見妳上線，妳還好嗎？

我很好，好得與你無關。我心想。

海馬：我知道是我不好，抱歉又讓妳失望了，請妳原諒我好嗎？

海馬：這裡的問題都已經解決了，我馬上就要上飛機了，這次回來我會多陪陪妳，我保證！

在我最需要陪伴的時候你不在，你又憑什麼這麼篤定我還需要你的多陪伴呢？憑什麼你總是對我這麼篤定？篤定我總是會等你呢？

對著MSN的對話視窗我這麼喃喃自語著，然後我關了對話視窗，在正要關機的時候又想了想，最後我決定連MSN也移除。

移除，關機。

網戀實在空虛，而新的我開始想要活得真實，真實的體溫，面對面的微笑，一起共享的晚餐，或許還每天一起運動——這樣就不用怕胖不敢吃啦！小熊說——

我心想。

然後我爬上床安安穩穩的睡去，接著再醒來時，我沒想到卻是災難到來。

世界末日般的災難。

在睡時我隱隱約約聽到有個什麼不對勁，我彷彿聽見空中有什麼爆開的聲音，一開始我以為那是街上在放鞭炮，於是我的反應只是嫌惡的翻了身，然後繼續睡；接著我開始感到不舒服而咳嗽。

咳嗽。

越咳越劇烈的我甚至咳出了眼淚，終於我再也受不了的睜開眼，然後我瞬間驚醒，驚慌的發現空氣中佈滿紅色孢子一小小團的迷霧，我在心底祈禱著這只是惡夢一場，可它不是，我看見空氣中除了佈滿的紅色孢子之外，桌邊、牆壁上、家具上都有一些黏菌變形體在爬動，電腦螢幕旁也有一些菌絲。

老天爺！怎麼會這樣？！

我慌亂的起身抓了件睡袍往身上罩著，然後急急忙忙的逃出房間，在經過四季的浴缸房時，這才明白原來紅色的孢子以及變形的黏菌全是來自於此，來自於此，並且以可怕的速度攻據整間屋子。

手忙腳亂地跑向客廳大門，轉頭我看見紅色孢子從樓梯間飄出，於是我只好停下腳步抓起客廳的電話打給四季求救，然而在四季的手機接通之後，我聽到的聲音卻不是她而是食蟻獸，沒辦法、我硬著頭皮向食蟻獸快速解釋這一場災難，然而手機那頭的食蟻獸卻一頭霧水的回答：

『四季……她走啦……她忘了拿手機吧……妳是瑪菱喔……黏菌突變？……妳說什麼我聽不懂……』

來不及了！

我感覺到突變的黏菌沾上我的後腦勺，接著以可怕的速度佈滿我的全身。

我會不會死掉？！

而這是我掠過腦海的最後一個念頭。

之二。四季

災難呀災難。

當我和小熊進到屋子的時候，這是我們當下最大的共識。

才一打開大門，迎接我們的就是隻突變黏菌噁心到不行的在地板上爬向我們，除此之外空氣中還佈滿了紅色的孢子粉末，我還意會不過來這裡是發生了什麼事情造成這樣大的災難，不過我立刻明白的是：

「快關門！否則牠們會飄到屋外去！」

『哦！』

『四季！』

「你？」

回頭一看，怎麼搞的食蟻獸也來了？

『瑪菱打妳手機，妳手機忘在我那。』

事後回想還真是託了這場災難的福，原先和食蟻獸的大吵一架就這麼在這災難面前相較之下顯得微不足道而被暫時的遺忘掉。

「來得正好！快幫忙呀！」

我們三個人走進客廳，地上滿是黏菌，皺著眉頭，食蟻獸低吼：

『你們到底在搞什麼啊！』

「我哪知道呀？一回來就變這樣啦。」

『先別吵了，瑪菱呢？』

小熊心急的問，於是強忍住噁心我們踩著地板上的黏菌而四處尋找著瑪菱。

『這裡！她在這裡！』

在樓梯前面，小熊大聲喊著。

我們同時看見瑪菱蜷在樓梯間前面，軟軟溼溼的黏菌佈滿了她整個人，老天爺！瑪菱還活著嗎？

是突變吧？這些黏菌……

瑪菱怎麼會搞成這樣呢？

『天啊！牠們真的不會咬人嗎？瑪菱會不會死掉？』

『告訴我們怎麼做呀、四季！』

經食蟻獸這麼一吼，這我才回過神來吩咐著他們兩人：

「你！把瑪菱抱去浴室沖熱水澡！越熱越好！」

『好，可是牠們會不會咬人？瑪菱會不會被牠們咬死？』

「牠們不會咬人可是牠們會佈滿你的身體，所以、衣服要全脫了。」

『我嗎？』

小熊臉紅。

「你和瑪菱，都要全脫了沖熱水澡！」他臉簡直紅成了個蘋果，「快啊！你想害瑪菱死掉嗎！」

『哦，好。』

抱起已經只剩了個人形的瑪菱，小熊好英勇的往上衝去。

『還有呢？』

食蟻獸問。

「你去拿吸塵器，看能不能把這些突變黏菌處理掉！」

『嗯。』

接著我以最快的速度將全部的窗戶打開，等到把全部的通風口都敞開之後，望著隨著空氣散出去的紅色的孢子粉末，終於我鬆了口氣，然後在心底問著瑪菱：

妳到底是對黏菌做了什麼事？為什麼不在第一時間把窗戶打開讓空氣流通讓陽光照射進來卻反而逆其道而行呢？

「吸塵器可以吸住黏菌嗎？食蟻獸？」

『嗯，沒問題。』

食蟻獸裝可愛的說。

「牠們現在增生的速度已經緩和下來，應該是藥性過了。」

安心之後，我跑到房間把床單、枕頭……整個拿起來，塞進垃圾袋，氣喘吁吁的拖著兩只黑色大垃圾袋走下樓時，我發現食蟻獸用一種好像撞見外星人的驚訝表情呆望著我。

「怎麼了嗎？」

『妳……』

食蟻獸簡直驚訝到說不出話來、只能呆呆的指著我的身體，往下一看，天啊！我的身體也全部爬滿了黏菌！

「怎麼全長在我身上？」

我狐疑，接著食蟻獸往下看了看自己，他沒事，除了衣服上還殘留著紅色的孢子粉末之外，他整個人沒事。
「為什麼？」
『四季！』
轉頭一看，是小熊從樓上探下頭來問我：
『沒用耶，我幫瑪菱脫了衣服猛沖熱水，可是才沖完黏菌卻又立刻長滿她身體。』
『為什麼他也沒事？』
這到底怎麼回事？
『對耶，我們兩個都沒事啊。』
『難道黏菌只長在女生身上嗎？』
「不。」我想通了為什麼，垮著臉，我回答：「那些基因藥。」
『什麼基因藥？』
他們兩人異口同聲。
「抑制肥胖基因藥和抑制潔癖基因藥。」
『妳說什麼！』
「我們吃了從黏菌萃取出來的基因藥，所以我們逃不掉。」
『那怎麼辦？』

『洗不掉嗎？』

「嗯。」

『黏菌是黴菌的近親嗎？』

「是的。」

『我知道了！去曬太陽！』

「沒用的，太陽只殺得了孢子，這些突變黏菌——啊！瑪菱的實驗室有紫外燈設備。」

還不用我指揮，立刻小熊就先說了：

『我去抱瑪菱過來，你們先去發車！』

在實驗室的無菌室裡，食蟻獸很擔憂的問我：

『這種紫外線曬太久會不會對身體不好？』

「只曬二十分鐘應該還好。」

我說，然後示意他們兩個人退出這無菌室。

『四季……』

「嗯？」

『我愛妳。』

「神、神經病啊！我又不是快死了我只是——」

食蟻獸不顧我身上噁心的突變黏菌，他傾身向前快快的吻了我一下，接著關上門，我看見他按下無菌室裡紫外線的開關。

》第十一章《

之一。瑪菱

我沒有死，而且我知道我已經不再是一個人了，這感覺真好，宛如重生的感覺。

的確，我和四季的友情出了問題，不只是我們那次的爭吵，而更應該把時間點往前推：我們一直害怕爭吵，我們害怕我們的友情不如我們以為的那麼美好，我們打從一開始就對於彼此的這個那個有些意見，可是我們不說，我們假裝並不在乎，甚至我們假裝同意而且還支持；或許是從前我們都不擅長交朋友的關係，我們在學生時代都是被孤立的個體，我們很不拿手怎麼處理朋友這個東西；於是我們以為一段真正的友情是不可以爭吵的，我們以為一旦爭吵了、這段友情也跟著就劃上句點了。

並不是這樣子的，真正的友情是不必害怕爭吵的。

關於友情，我們還在學習，儘管，我們已經當了三年的朋友了。

尤其是小熊，讓我深刻明白自己不再是一個人的，尤其是小熊。

當我被突變黏菌攻擊包圍整個身體時，其實我的意識還很清楚，我清楚的聽見四季他們進屋子裡的聲音，我想喊出聲音求救可是我已經驚嚇得連聲音也發不出來了。

『這裡！她在這裡！』

在樓梯前面發現我的小熊，這麼大聲喊著。

『天啊！牠們真的不會咬人嗎？瑪菱會不會死掉？』

就是在那個當下，聽到小熊心急如焚的如此問道時，我明白我是千真萬確的愛上這個大男孩了，千真萬確的，愛上了。

『告訴我們怎麼做呀、四季！』

接著是食蟻獸，我沒見過他本人，只聽過他聲音，我有點懊惱我們的第一次見面就是如此狼狽，不過這懊惱當然是往後的事了，當下我只害怕一件事情：我會不會死掉？

『你！把瑪菱抱去浴室沖熱水澡！越熱越好！』

『好，可是牠們會不會咬人？瑪菱會不會被牠們咬死？』

像是不放心似的，小熊再一次的問道。

『牠們不會咬人可是牠們會佈滿你的身體，所以、衣服要全脫了。』

『我嗎？』

我幾乎可以想像小熊當然臉會有多紅。

『你和瑪菱，都要全脫了沖熱水澡！』

他臉簡直紅成了個蘋果，我猜。

『快啊！你想害瑪菱死掉嗎！』

『哦，好。』

接著小熊抱起我，在浴室裡，我聽見他悄聲說了句對不起，接著他打開熱水，最燙的溫度，接著他脫下我的衣服，還很抱歉似的補上一句：『瑪菱我有閉上眼睛哦。』

我覺得我在那個當下應該是哭了，不是因為害怕身體被看見，不是擔憂自己會死掉，而是小熊的純真，和善良。

『天哪，洗不掉！』不曉得是多久的時間之後，我們同時發現了這個災難，『瑪菱妳等我哦！我去問一下四季很快就回來！』

接著我聽見小熊匆匆忙忙的跑下樓喊著四季：

『沒用耶，我幫瑪菱脫了衣服猛沖熱水，可是才沖完黏菌卻又立刻長滿她身體。』

『為什麼他也沒事？』

這到底怎麼回事？

『對耶，我們兩個都沒事啊。』

食蟻獸也沒事？

『難道黏菌只長在女生身上嗎？』

『不。』四季說，『那些基因藥。』

『什麼基因藥？』

小熊和食蟻獸兩人異口同聲。

『抑制肥胖基因藥和抑制潔癖基因藥。』

『妳說什麼！』

『我們吃了從黏菌萃取出來的基因藥，所以我們逃不掉。』

『那怎麼辦？』

『洗不掉嗎？』

『嗯。』

『黏菌是黴菌的近親嗎？』

『是的。』

『我知道了！去曬太陽！』

『沒用的，太陽只殺得了孢子，這些突變黏菌──啊！瑪菱的實驗室有紫外燈設備。』

『我去抱瑪菱過來，你們先去發車！』

我聽見小熊的聲音由遠而近，接著他匆匆的用大浴巾包裹住我的身體，接著抱起我上車。

在實驗室的無菌室裡曬了二十分鐘的紫外線之後，四季扶著我走出來，接著她噗哧一笑，我明白她為什麼噗哧的笑，因為我們倆都曬成了古銅色的小黑人了。

用盡了全部的力氣，我朝著四季擠出一抹虛弱的微笑，接著我聽見四季在耳邊悄聲告訴我：對不起，我們可不可以還是朋友？

可以呀……

當然還是朋友。

休養康復之後，我重新回到實驗室，為的不是復職，卻是整理東西離職。

才一走進久違的實驗室，同事一看到我說的不是問候或寒暄，卻是劈頭就說：

『妳又污染了我的實驗用品。』

這個科學怪人，沒人性的傢伙。我心想。

「反正我已經有被炒魷魚的心理準備。」

『哦，不，妳誤會我的意思了。』會意到自己的表達能力很差之後，同事立刻更正：『妳帶來的黏菌，對肥胖基因有很強的抑制作用，而且有絕對的專一性。』

「咦？」

『我說，抑制肥胖基因藥本來就是從真菌萃取出來的。妳的黏菌樣本，是解決公司危機的靈丹。』

「你怎麼知道？」

『因為妳和四季衝進實驗室那次真的把我搞慘了，反正細胞都被黏菌污染了，我就順便分析了一下，沒想到……』

「我想到了，那些黏菌可能是被抑制肥胖基因藥誘發突變的！」

『沒錯！而且主管要妳趕快回來上班，把妳的黏菌好好培養起來。新的抑制肥胖基因藥要趕快上市。』

「好！」

好。

才坐回我久違的辦公桌時，就看到桌上有一個快遞送來的盒子，盒子上有一張卡片，卡片上寫著小熊的親筆字跡，而卡片裡貼著一張小熊小時候的照片，小小的小熊，胖得跟熊一樣。

這是小熊原本的樣子，可能有肥胖基因，不過我覺得胖胖也蠻可愛的

開始運動以後，突然就變瘦了

變瘦也好，身體健康

多運動，就會身體健康

所以，從今天開始，我們每天一起運動好嗎？

放下卡片我打開盒子，我覺得眼睛有點溼。

紅色的阿根廷探戈的舞鞋，美麗的佔滿我的視線。

拿起手機，我打電話給小熊，在接通之後，我聽見自己這麼說：

「好呀。」

好呀。

之二。四季

災難哪災難。

真是一波未平一波又起，剛給無菌室的紫外線曬出了一身黑回到食蟻獸家之後，他立刻很記恨的跑去檢查我的藥罐，結果那七瓶藥就這麼活生生的晾在他眼前，氣得他當面興師問罪：

『這些藥是怎麼回事？』

我裝死。

『四季！這些偽裝在糖果罐裡的藥到底是怎麼回事？妳為什麼每天要吃七種藥？』

還是裝死，順手把桌上的瓶瓶罐罐排整齊，標籤面對自己，哦～老天爺，才一天沒吃藥，重度潔癖的四季就又回來了嗎？

該死！

『還有這個，安眠藥。妳到底是怎麼了？妳什麼時候開始嗑藥了？』

「我才沒有嗑藥！」把裝在糖果罐的藥倒出來而且還一顆一顆的排好之後，我說：「這就是抑制潔癖基因藥！這個藥可以讓我聞不到臭味，所以我才能忍受你不洗澡，才能跟你一起生活！」

『不愛洗澡的人明明是妳啊！』

「對！但那是因為吃了抑制潔癖藥的關係，還有、一天只洗一次澡就是不洗澡！」

『老天爺！』

「該喊老天爺的人是我！」越說我越氣，「為了跟你在一起，我靠吃藥把自己變成不愛洗澡的人。然後開始有了副作用，所以我只好吃第二種藥來抑制第一種藥的副作用，可是第二種藥也有副作用，於是我只好吃第三種藥來抑制，可是第四種藥……但是，永遠都不夠，永遠都會有新的問題發生……我為了跟你一起生活，做了這麼多改變，到頭來一樣失敗。我們還是會常常吵架，常常不開心……算了。」

算了！吃藥不能改變問題，我是重度潔癖症患者四季，我認了。

「算了，我還是回去跟瑪菱住好了。至少我可以不必吃藥，可以繼續潔癖，不用再管別人……我們還是……分……手吧。」

『可是我也有打掃啊。自從收到妳那封簡訊以後，我就有檢討。打掃歐巴桑罷工以後，都是我洗妳的衣服，收拾妳吃完的垃圾，擋掉要來罵人的鄰居，都是我在打掃家裡啊，我也有在改變啊……。』

「……」

『總之，我不要分手。』食蟻獸說，然後把藥罐全都打包起來，丟到垃圾桶裡，『妳不要再吃藥了。』

「……」

『嘿！我現在還會帶乾淨手帕出門呢……來，把眼淚擦乾淨。』

「什麼眼淚擦乾淨！我又沒有哭！」

『那不然妳眼睛紅紅的做什麼？』

「我有乾眼症啦！」

『明明就是被我感動到快哭了。』

忍不住的，我邊哭邊笑了出來。

這天晚上我回家和瑪菱一起整理這災難過後的房子，老天爺！為什麼整理房子總是這麼讓人愉快呢?該死!

愉快的把房子給整理得乾乾淨淨之後,我們給依舊黑不溜丟的自己賞了個牛奶浴。

「欸,我有個靈感,我說妳應該要開發一種藥,叫作『我愛你』。一定會賣大錢。」

這話瑪菱想了想,然後說:

『那還要同時發明另外一種藥,叫作「你愛我」。』

「為什麼?」

『因為這樣才能相愛呀!只要兩個人分別吃了「我愛你」跟「你愛我」,就會變成相親相愛了。』

這話我也想了想,然後覺得邏輯上好像過不去。

「不對。如果我吃了『我愛你』而你吃了『你愛我』,那永遠都是我愛你啊!所以必須要兩個人兩種都吃才行。」

『呵,好像是哦。』

又好像不對……

「我吃我愛你,你吃你……不對,我吃我愛你,你吃你愛我……對喔,要兩個人兩種都吃,才會變成『我愛你愛我』……瑪菱妳真的會發明這種藥嗎?」

瑪菱困擾了一下,然後把問題丟回來給我:

『只要每天吃一顆「你愛我、我愛你」的藥，就會一切都沒問題了嗎？』

「呃……」

『如果覺得你愛我、我愛你是最重要的，其他問題都可以慢慢解決。』

「就像妳和小熊？」

『也像妳和食蟻獸。』

「那我和妳呢？」

『一輩子的好朋友。』

想也沒想的，瑪菱幾乎是立刻就回答。

一輩子的好朋友，當然。

『所以呢？妳還是要搬到食蟻獸那邊住嗎？』

「嗯，本來是有這樣打算的。」想了想，我反問瑪菱：「妳呢？要和小熊到美國去唸書嗎？」

搖搖頭，瑪菱笑著說：

『我這輩子已經唸太多書了，我不想要再唸書了，而且我現在的工作走不開。』

「妳不怕遠距離戀愛啦？」

『他和海馬不一樣，我和海馬的愛情是建立在距離之外，而小熊……』好甜蜜的，瑪菱又說：『我們是從現實中一點一滴的認識、了解，然後才愛，所以這次我有把握，距離影響不了我們的愛情。』

「意思是妳還會繼續住在我們的姑婆居？」

『意思是妳也會繼續住在我們的姑婆居？』

我們兩個同時點頭，相視而笑。

「其實，我本來是以為妳要跟小熊搬到美國住所以心想可能還是得先和食蟻獸住一陣子，不過現在既然如此的話，我還是先暫緩搬過去住的計畫好了。」

『畢竟，這裡是我們的姑婆居嘛！』

「畢竟這裡是我們的姑婆居嘛。」

我同意。

『嗯哼，我會一邊住在這裡努力工作，等到小熊把他的研究所唸完回來，然後……呵。』

「呵，真好。」我說，雖然有點煞風景，不過我還是決定得問問：「那麼、妳還要繼續吃抑制肥胖基因藥嗎？」

『這倒是不了，因為我找到更好的藥了。』

「哦？」

『運動。』

「呿～～真掃興，我本來還以為妳會說愛情咧。」

『妳呢？妳也還要繼續吃抑制潔癖基因藥嗎？』

幾乎是連想也沒想的，我立刻搖頭：

「不了，謝謝，四季有潔癖，四季不吃藥，四季就是四季，我接受而他也接受。」

『嗯。』

「而且食蟻獸他要靠著意志力和行動力，讓自己變成一個有我一半愛乾淨的人。」

『那還是太愛乾淨了。』

「喂！」

『呵～不過，妳也要有意志力喔，要有忍耐的意志力。』

「才怪！是食蟻獸要有被改造的意志力才對。」

『那我們來打賭，看妳這次忍多久會抓狂？』

「沒問題，賭什麼？」

『這得再想想。』臉上泛起一抹調侃的笑，瑪菱又說：『不過、妳這次該不會又帶著浴缸搬家了吧？』

「這得再想想。」

學著瑪菱的話，我耍俏皮的說，然後我們相視而笑，一輩子的好朋友。

「嘿、瑪菱，我們會不會到了八十歲的時候還是兩個老女人住在姑婆居裡，變成那種皮膚皺皺、連貓也不理的古怪老太婆啊？」

『我的話是有把握不會的。』

「為什麼？因為妳會嫁給小熊？」

『不，因為我會胖得沒有多餘的皮可以皺，呵～～』

「很好很好，開始懂得自嘲囉。」

很好。

真的很好。

不管到了八十歲時我們會變成什麼樣子，但我知道，我們都會是一輩子的好朋友，在這姑婆居裡，在這姑婆居外，都是，一輩子的好朋友。

》終章《

五十年後的姑婆居……

在客廳裡，探戈的音樂優美的流瀉著，而七十多歲的小熊慢慢的邀著八十歲的胖瑪菱一起跳舞；八十歲的胖瑪菱愉快的點頭起身，還不忘在耳邊悄聲告訴七十五歲的小熊：

「還好我們女兒沒有遺傳到我的肥胖基因。」

『老婆！妳這句話已經唸了快五十年了……』

「哦，說錯了，還好我們的孫子也沒有遺傳到我的肥胖基因。」

『老婆！這句話也二十年了……』

八十歲的胖瑪菱微笑著不再多說些什麼，她把頭輕靠在七十五歲的小熊肩上，寫滿幸福的眼睛，她望著客廳角落，正努力著要把腰彎下去撿掉在地上屑屑的老食蟻獸，抖著手、終於成功撿起屑屑之後，老食蟻獸像個孩子似的開開心心地向老四季邀功著：

『嘿！老婆！屑屑我都撿乾淨了，這下可以吃飯了嗎？』

「死老頭我講幾次了！撿完之後還要用毛巾抹乾淨才行！都已經五十幾年了還講不聽，耳根子那麼硬是怎樣！」

一口氣的、老四季吼了過去，只見老食蟻獸快快的找出毛巾抹地板，一邊還害羞的向老小熊以及胖瑪菱解釋：

『嘿！不賴吧？我老婆都八十歲了、身體還是這麼硬朗，哈！』

「對對對，比起當年罵起人來可還真是一點也沒有遜色。」

胖瑪菱笑著說。

『可是你們的孫女好像遺傳到她的潔癖基因了。』很哀傷的、小熊說，『妳相信嗎？才兩歲她居然就會自己換尿布！』

「唉～～」

『唉～～』

唉～～

The End

國家圖書館出版品預行編目資料

基因決定我愛你 ／ 李芸嬋原創劇本；橘子小說作者.
--初版，臺北市：春天出版國際，2007 [民96]
-- 面；　公分. --（橘子作品集；14）
ISBN 978-986-6899-50-8（平裝）
857.7　　96008769

橘子作品 14

基因決定我愛你

小說作者◎橘子
原創劇本◎李芸嬋
企劃主編◎莊宜勳
封面設計◎聶永真
內頁編排◎陳偉哲

發 行 人◎蘇彥誠
出 版 者◎春天出版國際文化有限公司
地　　址◎台北市忠孝東路四段303號4樓之1
電　　話◎02-2721-9302
傳　　真◎02-2721-9674
E-mail◎frank.spring@msa.hinet.net
郵政帳號◎19705538
戶　　名◎春天出版國際文化有限公司
法律顧問◎蕭顯忠律師事務所
出版日期◎二〇〇七年六月初版一刷
定　　價◎199元

總 經 銷◎凌域國際股份有限公司
地　　址◎243 台北縣泰山鄉漢口街38號
電　　話◎02-2908-1100
傳　　真◎02-2908-1155
印 刷 所◎鴻霖印刷傳媒事業有限公司

ISBN 978-986-6899-50-8
Printed in Taiwan

S P R I N G

每一本好書都是一顆種子，
春天播種在你的心田夢土上。

Spring

S P R I N G

每一本好書都是一顆種子，
春天播種在你的心田夢土上。

Spring

S P R I N G

每一本好書都是一顆種子，
春天播種在你的心田夢土上。